相崎壁際
(ill.)間明田
どうか俺を放っておいてくれ
なぜか
ぼっちの終わった高校生活を彼女が変えようとしてくる

これからよろしく。
連絡先を交換しましょう
花《はな》見《み》辻《つじ》空《そら》
モデル顔負けの美人にして、穂高と一緒に三年前に戻ってきた同級生。穂高が二度目の高校生活でもぼっちなことが気に入らず、ぼっち脱却を手助けしようとする。
毒舌な完璧美少女

え？　あ、ああ……
花見辻空
七《なな》村《むら》穂《ほ》高《だか》
ぼっちはぼっちでもプロぼっち。卒業式前日の事故を機になぜか高一の入学式にタイムリープすることに。花見辻からぼっち脱却の提案を受けるが、本人は二度目の高校生活もぼっちで過ごしたいと思っている。
高校2周目ぼっち

……きもちわる
星《ほし》ヶ《が》崎《さき》瑠《る》璃《り》
リア充グループに属するギャル。強気な態度で穂高にも冷淡な口調だったが……？
リア充ギャル

七村皐月《なな むら さつき》
穂高の妹にして、微妙にブラコン気味。でも兄の性格は心底面倒くさいと思っている。
実は兄想いな妹
はあ？ ついにラノベの読み過ぎで
頭おかしくなった？
なにぼけっとしてるんだ、君は
真面目な委員長
白峰真白《しら みね ま しろ》
穂高のクラスの委員長。品行方正な優等生だが意外とズバズバ物を言う。

きれい
確かにきれいだな

これを見られただけでも、
前回よりはいい遠足になったんじゃない？
ま、前回より悪い遠足ってそうそうないからな
いちいちひねくれてるわね……
悪いな、生まれつきなんだ

もくじ

Please just leave me alone.

どうか俺を放っておいてくれ

なぜかぼっちの終わった高校生活を

彼女が変えようとしてくる

相崎壁際

GA文庫

カバー・口絵　本文イラスト
間明田

プロローグ

春。

それは草木が芽吹き、動物たちは冬眠から目覚める季節。

学園モノの作品もだいたい春から始まると相場が決まっている。

暖かい空気を吸い込めば誰《だれ》だってウキウキするし、なにかいいことが起きそうだと期待する。

それはこの俺《おれ》、七村穂高《ななむらほだか》も例外ではない。

今日は高校の入学式。東谷《ひがしだに》高校に合格した俺は、高校前のだらっと延びる坂道を上っていた。

真新しくて着慣れない制服にもテンションが上がり、胸には高校生活への希望が詰め込まれすぎて息苦しいレベル。

坂道の両側には、お洒落《しゃれ》なアパレルショップやカフェが立ち並ぶ。まだ買い物客はいないが、俺と同じ新入生らしき姿がちらほら見える。

「ふっ……ここが俺の青春の舞台か」

小さく笑みをこぼす。

お洒落すぎて中学時代だったら迷わず逃亡していたが、今の俺は高校生。カフェでもなんでもどんと来い。お小遣《こづか》いも増えたことだし。

高校で俺を待ち受ける青春イベントの数々を想《おも》う。

部活に友情、もちろん恋愛。

やれやれ参ったぜ、俺の未来が眩《まぶ》しすぎて直視できない。

春は不思議な季節で、なにもかもが上手《うま》くいく気がする。父さんが今朝《けさ》言ってた「今日から一日一万歩を目標に歩くぞ」という宣言も今度こそ続きそうな気がするから不思議。半年前にも同じこと言ってたけど。

ああ、目に入るもの全《すべ》てが美しい。遠くの空に綿雲が浮かぶ青空、風に吹かれて笑うようにさざめく街路樹の葉、陽《ひ》に照らされて輝く犬のウンコ、その全てが美し……いやウンコは無理があるだろ。こんなお洒落な道にウンコを放置するな。しかも誰かの足跡が残ってるし。

心の中で不運な誰かさんに合掌。

……ウンコはともかく。友情にも恋愛にも縁がない日々は終わりを告げたのだ。

鈍色《にびいろ》の思春期を過ごしてきた俺にもようやく春が来る。

時は来た。

俺の輝かしい高校生活は、始まったばかりだ！

5　エピローグ（？）

エピローグ（？）

二月末日。

うっかり地球温暖化を応援するほど寒かった冬も終わりにさしかかり、午後のぽわぽわした陽《ひ》だまりや小さな芽をのぞかせた街路樹に、ぼんやりと春の兆しが見え始めている。

俺《おれ》は東谷高校から地下鉄の駅に向かう坂道を、自転車を押して下っていた。自転車は高校入学からきっちり三年分ボロくなって、制服もすっかりくたびれて妙にフィットしている。

この制服を着て通いなれた道をたどるのもあと一回。

明日はついに高校の卒業式だ。この三年間はあっという間だった。

俺はぼんやりと、青春の日々を思い出す。

…………。

……………。

…………………………………なんっっっっっっっもなかった。マジで無。びっくりした。

いや、まあ、知ってたけどね。うん。

結局、俺の高校生活にはなにも青春っぽいイベントとか起きなかった。

部活も委員会も入らなかったし、彼女どころか友達もいない。責任者には謝罪を要求したいところだが肝心の責任者はたぶん俺だ。

三年前の入学式当日。期待に胸を膨らませてこの坂を上ったのを思い出し、心中で悶《もだ》えた。なにが青春の舞台だよアホか。いや俺だけど。

高校デビューなんて軽く言うが、デビューするにも努力が必要だ。全国冴《さ》えない中学生ランキングがあれば上位ランカー待ったなしの人間が、高校に入っただけで心機一転華やかな青春など送れるはずもない。

くさくさした気持ちで坂を下る。

自転車を思いっきりかっ飛ばしたい気分だが、人通りの多い道だから自転車は押して通行する決まりだ。周囲のアパレルショップやカフェにガンを飛ばしてみるが、あまりのお洒落《しゃれ》感で逆に負けた気になった。俺の場違い感がすごい。ああいう店に入ったらブザーとか鳴っちゃいそう。

高校のそばにあるスタバだって結局一回も行ってない。小遣《こづか》いは増えたが一緒に行く友達がいないのだ。

学校帰りに寄り道とか、本屋でラノベを買ったくらいかもしれん。

坂の途中で信号に引っ掛かった。じっとしていると無駄に思考がぐるぐる巡る。

まったく、三年前の俺は春の陽気でどうかしていた。今も周囲では頭ぽわぽわな連中がきゃっきゃうふふな青春模様をこれでもかと見せつけてくるが、これはきっと春のせいではなく卒業を目前に控えたシチュエーションのせいだ。

なんたって今日は卒業式前の登校日。周囲の奴《やつ》らも俺と同じ高三なんだろう、たぶん。話したことないし微妙に自信ないけど。

耳に入ってくるのは「お前らもう受験終わった？　カラオケ行こーぜ！」だの「うわー明日卒業式じゃん！　卒業したくないよー！」だの、高揚感でのぼせた言葉ばかり。

頼むから俺がいない場所でやれ。ぼっちに配慮しろ。

なにかと別れの季節だと言われがちな高三の冬だが、俺からすればピンと来ない。そもそも別れが寂《さび》しいと思うほど仲いい奴がいないからな。

だから正直、友達との別れに浮足立ってる同級生の気持ちもよくわからない。

小学校でも中学校でもさんざんお別れしただろ、いい加減慣れろよ。

お前も昔から友達いないし別れに慣れてるわけじゃないだろ、という指摘はひとまず棚に上げておく。モノローグなら反論もされないしな。

本音を言えば、「こういうアホなことを言ったら呆《あき》れつつツッコんでくれる、ラノベに出てくるような友達が欲しい」と思ったこともある。

しかし現実にはそんな都合のいい友達は出てこない。なぜか俺に構ってくる美少女もいない。オタクに優しいギャルは都市伝説。学園ラノベの主人公っぽいのはひねくれた性格とぼっち属性だけ。ない方がいいだろこれ。

ふん、まあいい。今の俺は友達が欲しいなんて考えてないからな。

それに、この三年間で十分に気づかされたのだ。

どうせ俺は友達を作ろうとしても失敗する、と。

相手に合わせてつまらない話題にへらへら笑うとか、関係を維持するために疎遠になりそうな奴に連絡するとか、流行についていくために興味ないものに手を出すとか、そういうのマジで無理。根本的に人間関係ってやつが向いてない。

そんな人間が友達を作ろうなんて相手にも失礼だ。「お前の話がつまらなかったら雑に対応するし、自分から連絡しないし、お前の好きなものにも興味を持たない。それでもいいから友達になってくれ」とか言われても俺は嫌だ。

だから俺はこれでいい。自分がやられて嫌なことは他人にもやっちゃダメって、小学校の先生に教わったからな。

青春真っただ中の連中を視界から追い出し、スマホで某小説投稿サイトを開いた。

何を隠そう、俺はラノベ作家になるべく小説を投稿サイトに公開している。他の連中がぼんやり生きてる中、俺はしっかり未来を見据えて行動してるってわけ。偉い、偉すぎるぞ俺。

書いているのはどれも学園ラブコメ。現実でロクな人間関係を築けない奴がなに偉そうに書いてるんだとか、小説で現実逃避するなとか言わないでほしい。それ全部図星だから。急所に当たってるから。

マイページに並んだ投稿作をタップすると、ＰＶやブクマ数が表示される。

「お、ＰＶ増えてる……けどブクマは増えてないか。ちっ」

投稿した小説は計三作。最初と二つ目の作品は、どちらも二十話ほどで限りなく未完に近い形で完結していた。要するに「エタった」のだ。エタるのは褒められたことではないが、これにも理由がある。

読者が少なすぎるのだ。

第一話は一クラス分くらいの人数が読んでいたのに、二話になると半分になり、五話くらいでちょっと兄弟多めの家族くらいになってしまう。最終話までたどりつくのは選ばれし精鋭のみ。こう書くとちょっとカッコいいけど、実際には泥船から逃げ遅れただけかもしれない。

商業作品でもシリーズが進むにつれて読者は淘汰《とうた》されていくものらしいが、これでは淘汰されすぎて絶滅寸前である。

ここまで来ると、最新話を読んでくれる読者に対して「なんで読んでくれてるの？　罰ゲーム？」とか思っちゃう。いや、読んでくれて嬉《うれ》しいのは確かなんだけど。創作者の心は繊細で傷つきやすいのだ。

さらに俺も書きながら「ひょっとしてこれは面白《おもしろ》くないのでは……？」とか考えちゃうから余計に更新する気が萎《な》える。たぶん本当に面白くないし。ほぼ誰《だれ》も読んでないからエタったところで困る人もいないしな。自分で言ってて泣きそうだけど。

いま書いている作品も、そろそろ読者が絶滅危惧種に指定されそうだ。

小説を書き始めた高一のころは、「俺も結構ラノべ読んでるし、これは高校生のうちにデビューしてしまうかもしれませんなあ！」とか思っていた。だが、最近は「生きてるうちにデビューさせてくださいお願いします」に下方修正されている。編集者の靴くらいなら舐《な》めてもいいが、向こうだって舐められたら嫌だろう。

はーっ、とため息をついて頭を上げる。

ちょうど歩行者用の青信号が点滅《てんめつ》を終え、直行する車道が青信号になった。スマホを見ながら現状（というか惨状）に頭を抱えているうち、信号が変わってしまったらしい。

高校から駅までの道は人通りこそ多いものの、交通量は多くない。信号無視して突っ切っていい気もするが、高校の真ん前という立地が俺を思いとどまらせる。

横断歩道を渡った先で、女子グループがきゃーきゃー話しながら歩いていた。しまった。横断歩道の手前で立ち止まってた俺、めっちゃ邪魔だったな……まあいいか。どうせ明日で卒業だし、俺の評判が傷付くどころか存在すら認知されてない可能性が高い。

そういえば、なんで女子って横に広がるんだろうな。通行の邪魔だろ。ひょっとして自分を大きく見せて外敵を寄せ付けない小魚的な習性なの？　スイミーかよ。

その点ぼっちは常に一人分の横幅しか取らないから偉い。大声でしゃべって周囲に迷惑をかけることもない。外出も少ないから交通機関による二酸化炭素排出量も少ない。

世間はぼっちの素晴らしさを認めるべき。ぼっち最高。ぼっち万歳《ばんざい》。

そんなことを考えていたら、一人の女子がグループを離れて引き返してきた。

「悪いわね、すぐ取ってくるから」

「はーい。私たちで席取ってるからー」

なんて会話が聞こえてくる。どうやら学校に忘れ物でもしたらしい。こちらを向いた女子の顔が見えて、ようやく同じクラスの花見辻《はなみつじ》だと気づく。二年でも同じクラスだったし、これまでの人生で見た中でもかなりの、いや一番の美人だから思い出せた。

少しウェーブがかった茶髪のボブカットがはっきりした目鼻立ちによく似合い、色白の肌も相まって女子中高生向けの雑誌でモデルでもやってそうな雰囲気。可愛《かわい》らしい花の髪飾りが普通に似合ってると思わせるのがすごい。

俺とは一生縁がないタイプの女子だ。縁があっても持て余す。

花見辻はうしろの友人を気にしながら、小走りでこちらに向かってくる。立ち止まる様子がないことに一抹の不安を覚えた、その時。

赤信号が見えていないのか、花見辻はそのまま交差点に進入した。

間が悪いことに、車道の向こうから勢いよくトラックが走ってくる。

「おい！」

思わず大きな声が出た。

「え？　……あっ」

大声に戸惑った様子で顔を上げた花見辻が、ワンテンポ遅れてトラックに気づく。

だが、足がすくんでしまったのか動く気配がない。

途方に暮れたような花見辻の横顔は、それでも綺麗《きれい》に整っていた。

パアアアアア！　と盛大に響いたクラクションに、自転車が倒れる音がかき消された。

思わず、俺は駆け出していた。

なんでそんなことを、と言われてもわからない。俺は別に花見辻と親しくはないし、かつて大事な人を交通事故で失った主人公にありがちな悲しい過去とかもない。

それこそ、「思わず」という言葉の通り。

大した理由も必然もなく、俺は交差点に突っ込んだ。まるでラノベ主人公のようだった……かどうかは微妙だ。運動は苦手だし、たぶん不格好な走り方だったはず。

幸いなことに、花見辻をトラックの前から突き飛ばすことには成功した。

うっかり女子に触っちゃったけどこれはさすがにセーフだよな？　訴えられないよな？　これで訴えられたら泣ける。

幸いでなかったとすれば、それは突き飛ばされた花見辻と入れ替わりに、俺がトラックの進路上に飛び出してしまったということで。

横ざまにとてつもない衝撃を喰《く》らった。

宙を飛んだ、と思いきや、視界の天と地が高速で入れ替わる。

それは俺が地面をゴロゴロ転がっているからだと気づいたのは、道の向こうにあるガードレールに突っ込んだ後だった。

「あ……お……こふっ……」

なにか言おうとしたけれどうまく言葉が出ない。ヤバい、体の感覚がおかしい。

全身が異様な熱を帯びると同時に、芯《しん》から凍える寒気を感じる。

まるで盆と正月が一緒に来たような……いや絶対違う。

思考がバグっているのか、不思議と真面目《まじめ》なことは考えられない。ただ同じところをグルグルと歩き回っているような感じがして、花見辻の下の名前ってなんだっけとかPCにあるヤバいフォルダは家族に見られたくないとか、そんなことばかり頭を巡る。

「ねえ‼　ちょっと‼」

急に大声が聞こえたと思ったら、視界を覆《おお》う泣き顔が見えた。誰かと思ったら花見辻だ。

よかった、ちゃんと生きてたんだな。

「ねえってば‼　死なないで！！！　お願い！！！」

「あ……」

花見辻が顔をぐしゃぐしゃにして泣いてる。なにか言ってやろう、と思ったのに声が出ない。

不便だなあこれ。

体の痛みも熱さも寒さも花見辻の泣き叫ぶ声も、どうにも現実味がない。

「そ、空《そら》、いま救急車呼んだから……」

どこかから聞こえた声は、さっき見かけた女子グループの誰かだろう。

「ねえお願い!! お願いだから死なないで!!」

俺に言われても困る。

「ごめんなさい！ ごめんなさい!!」

そんな謝らなくてもいいだろ、俺が勝手にやっただけだから気にすんなよ。なろう系なら異世界転生のパターンだし。

言いたいことは頭の中でだけ繰り返されて、声にはならない。

いつの間にか花見辻の顔も見えなくなった。暗くて眠い。

「嫌!! 死なないで!! 七村《ななむら》くん！！！」

花見辻、俺の名前を知ってたんだな。

そんなことを思い、ついでに目が覚めたら強くてニューゲームになってますようにと願っているうちに、ふっと意識が途絶えた。

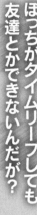

第一章
ぼっちがタイムリープしても友達とかできないんだが？

目が覚めた。

どうやらベッドに寝ているらしい。妙にぼうっとする。すごい出来事に巻き込まれたような気がしたんだが……。

もぞっと体を動かすと、つま先をガツンと壁にぶつけた。

「いっつ！」

その痛みで少しずつ頭が冴《さ》えてきた。

あれ？　俺《おれ》って確か、高校の真ん前でトラックに轢《ひ》かれたんじゃなかったか？

先ほどの出来事を思い出し、ぞわっと肌が粟立《あわだ》つ。

思わず体全体をまさぐったが、特に痛いとか欠損してるとかはない。ひとまず安心する。

でも、あれほどの事故に遭ってまさか無傷ってことはないだろう。

それなのに俺の体は五体満足ってことは……執刀医が髪の半分だけ白髪になってるあの先生だったの？　それとも失敗しないあの人？

これが異世界転生なら可愛《かわい》い女神からチート能力をもらったり、使い方によっては無双できるスキルもらったりするやつだ。強くてニューゲーム！

期待と共に布団《ふとん》をはいだ。視界に広がるのは机、椅子、本棚。

どう見ても俺の部屋だった。

異世界でも病院でもない。可愛い女神もナースさんもいない。ちょっと期待してたのに。

「あれ……」

戸惑いながら身を起こし、とすん、とベッドから足を下ろした。痛みもなく、包帯どころか絆創膏《ばんそうこう》すら見当たらない。

カーテンから差し込む光の具合からして、時刻は朝だろう。あれは夢だったのか？

ぐるりと部屋の中を見回すと、奇妙な違和感があった。

壁にハンガーで引っかけていた制服が見当たらない。本棚にある本の冊数が少ない。読みかけだったラノベが机の上に見当たらない。その代わり、だいぶ前に読んだ懐かしい作品が置いてあった。俺が中学のころに熱中してた謎《なぞ》部活系ラブコメだ。

でも、ここ最近は読み返した覚えがないんだけどな？

わけがわからないままローテーブルからスマホを拾い上げる。

時刻は午前七時を過ぎたところだ。そこまでは問題ない。

だが、表示されている日付がおかしい。

俺の記憶から一か月と少しほど経過していた。

まさか事故の後遺症で記憶障害になったとか？　そんな小説を前に読んだ。

あの小説では眠ると前日の出来事を忘れるって設定だったが……。

慌てて机や扉に目を走らせる。記憶を失う系の話だと、目立つ場所に「あなたは記憶障害です」「机の上にあるノートを読んでください」的な張り紙があるパターンが多い。映画だと体中にタトゥーを彫りまくるってのもあったけど、さすがにそれはないだろう。痛いの嫌だし。

一通り室内を確認したものの、どこにも貼《は》り紙《がみ》なんてない。

安心と失望がない交ぜになった気持ちで、手に持ったままのスマホをもう一度見る。

スマホの背面を見て、何かがおかしいと感じる。

このスマホは高校入学時に買ったもので、卒業後に機種変する予定だった。俺はカバーを付けていないし、物持ちがいい方だとはいえ三年も使っていたのだ。スマホはそれなりに傷がついていたはず。

しかし、俺の手の中にあるスマホは、三年間使ったにしては綺麗《きれい》すぎる。

まるで数日前に買ったみたいな。

不思議な予感がして、スマホのカレンダーを確認する。

今が四月なのはもう知っている。重要なのは、「月」ではなく「年」だ。

「……マジかよ」

スマホが表示しているのはちょうど三年前。

俺が高校に入学した年だった。

混乱する思考をなだめて一階に下りる。

冷静に考えればタイムリープなんてあり得ない。ラノベじゃあるまいし。

しかし、どうにもあの三年間、あの高校生活が全《すべ》て夢だったとは思えない。

夢なんて目が覚めれば大抵は忘れるものだが、俺はあの三年間で読んだラノベや自分が書いた小説をはっきり覚えている。クラスメイトの顔はよく覚えてないが、それはぼっちだったからだ。

もっと大きな問題は、俺はこの世界における「昨日」についてなにも覚えてないってこと。

あの三年間が単なる夢だったなら、こんなことにはならない。

おそるおそる、リビングや台所を巡る。家の中は記憶にある通りだ。リフォームとかしてたら違いもわかりやすいんだろうけど。洗面所にたどりついて鏡をのぞき込む。

「んー……やっぱり俺、若いよな」

鏡に映った自分の顔は、どう見ても中学生くらいにしか見えない。記憶の中の自分をちょうど三年ほど若返らせたらこうなるだろう。

洗面所でうんうん唸《うな》っていると、鏡の端にひょこっと可愛らしい顔がのぞいた。

「お兄ちゃん、どうしたの？　自分の顔なんかジロジロ見て……別にいくら顔見たってイケメンにはならないと思うけど」

「おお、皐月《さつき》か」

振り返ると、パジャマ姿の妹が怪訝《けげん》そうな顔で俺を見つめていた。朝から酷《ひど》いことを言ってきたが、別に仲が悪いわけではない。

「ってか、お前……そうか」

「どうしたの？　深刻な顔しちゃって」

やはり、妹の姿も三年分若返っていた。三年後は俺と同じ東谷《ひがしだに》高校に進学して少しは女子高生っぽくなっていたが、目の前の皐月はまだ幼さを残している。

今が三年前なら、皐月は中学二年生だ。

それにしても皐月は兄に似ていなくて可愛い。そうか、三年前の皐月はこんなに小さかったのか。これがなあ、三年後にはあんなに立派になって……。

「ちょ、ちょっとなに泣いてんの⁉　怖いんだけど‼」

しまった、つい妹の成長を想《おも》って泣いてしまった。

「いや、皐月の将来を考えて思わずな……皐月ぃ、お前は立派になるぞ」

「思わずな、じゃないよ！　お兄ちゃん大丈夫？　入学式がそんなに嫌なわけ？」

「は？　入学式？」

予想外の言葉に間抜けな声が出てしまった。皐月は呆《あき》れたように両手を腰に当て、涙をこぼす俺に向けてこれ見よがしにため息をついた。

「そうだよ！　入学式で彼女作るとか言って昨日から騒いでたじゃん」

「いくら三年前の俺でもそこまで浮かれねえよ！　入学式で彼女とか無茶だろ。せいぜい友だち百人できるかなっ！　くらいだ」

「浮かれすぎだし精神年齢が小学一年生だよ⁉」

やれやれ、皐月の冗談にも困ったもんだ。そりゃ多少は浮かれてた気もするが流石《さすが》にそこまでじゃ……そこまでじゃないよね？　あれ、自信なくなってきた。

「ってお兄ちゃん、さっきの『三年前の俺』ってなに？」

「あー、いや、なんでもない。ちょっと精神が錯乱してて」

「ぜんぜん大丈夫じゃないよねそれ！　いきなり泣き出すし本当にどうしたの？」

「いや、マジで大丈夫だから」

気味悪がる妹をなだめて自室に戻る。リュックには入学関係の書類が突っ込まれており、クローゼットの中には新品の制服があった。

書類を見ると、確かに入学式は今日の日付となっている。

「……おいおい、ちょっと待ってくれよ」

どうやら俺は、また高校の入学式からやり直すことになってしまったらしい……いやちょっと待て。まだ全然この謎展開に納得できてないんだが？

解説パートが済んでないぞ！

リビングで俺を出迎えた両親は、月並みなお祝いの言葉を述べただけ。「もう気づいてるだろうが、お前は三年後の世界からタイムリープしてきたのだ」なんて衝撃の真実を告げられることもなかった。

「父さんな、今日から一日一万歩を目標に歩いてみようと思ってるんだ」

なんてことを言ってる。それ三日で挫折するやつだからな。高校三年間で五回は同じこと言って挫折してたぞ。逆に「五回も挑戦してる」と言い換えたらすごいチャレンジャーっぽいけど、あくまで「チャレンジャーっぽい」だけである。

制服に着替えた俺はもぞもぞと朝食を飲み込み、歩いて高校に向かった。入学式の日は駐輪場が使えないのだ。すっかりチャリ通に慣れた身にはダルい。

駅から高校までだらっと伸びる坂は新入生の姿で埋まっていた。三年生を見慣れていたからどいつもこいつも小さく見える。

もし俺がタイムリープをしたならば、前回の入学式当日も同じ景色を見たのだろうか。

三年前の記憶が薄すぎてイマイチ覚えてない。

新入生のフレッシュさとは無縁の心境で坂を上っていると、道端に落ちている犬のウンコが目についた。可哀想《かわいそう》な誰《だれ》かが踏んだようで、ウンコにはくっきりと足跡が残っていた。

ご愁傷様、と心の中で呟《つぶや》いたその瞬間。

俺の脳に電流が走った。

「こ、これは……っ⁉　三年前の、記憶……？」

めっちゃ主人公っぽいセリフを口走ったが、思い出したのは犬のウンコのことだ。

前にも入学式の朝、高校前の坂で犬のウンコを見た記憶がある！　なにこの汚い記憶⁉

こんな記憶が残ってるってことは、やはり俺はタイムリープしたらしい……いや何これ？

よりによって犬のウンコでタイムリープを確信するな！　もっとこう、何かあっただろ。

いやわかるよ？　日常の何気ない出来事で「そうか、俺はタイムリープしたのか」って実感するのは定番だ。

でも他のなんでもいいから犬のウンコでだけは止めろ。

さらに犬のウンコと連動して（するな）、この坂で「ふっ……ここが俺の青春の舞台か」なんて気味の悪いことを呟いた記憶がよみがえった（よみがえるな）。

あーもう、本当にバカらしい。

なにが華の高校生活だ。浮かれるにも程がある。

嫌な記憶を振り払うように歩調を早めると、すっかり見飽きた校舎が姿を見せた。

入学式もつつがなく終わり、ド○クエのパーティみたくぞろぞろ並んでクラスに向かう。

自分のクラスは入学式前の時点でわかっている。

教室に入る前、ちらりと「一年A組」と書かれたプレートに目を向けた。そういえば一年の時はA組だったっけな、と感慨もなく思い出す。

教室に入ると、クラスメイトたちはお互いに牽制《けんせい》しあうような雰囲気を残しつつ、ぎこちなく雑談していた。そういえば毎年この時期だけ、妙な雰囲気が教室を満たしていた。

自席から教室内をぐるりと見回すと、確かにこんな顔ぶれだったなと記憶がよみがえり、何人かは苗字《みょうじ》も思い出せた。やはりタイムリープした説が濃厚だ。

その後、一通りのホームルームと自己紹介があった。

自己紹介は今後の高校生活を占う重要なイベントだ。一番盛り上がったのは久野《くの》って男子が「俺さっきウンコ踏んじゃったんだよね！　誰か俺を慰めてください！」って言ったとき。

いや踏んだのクラスメイトかよ。そういえば前回もこんな自己紹介してた奴《やつ》がいたな……。

それにしても、ウンコを踏んだのも笑いに変えるとか陽《よう》キャってすげえよな。

俺だったら必死に隠して水道で靴を洗う。でもなんかウンコ臭さが残っちゃって、下駄《げた》箱で近くの奴が「なんか臭くね？」って言ってビクビクしてる姿が想像できる。

もちろん俺は「実は三年後の未来から来たんです」とは言わず、至って無難な自己紹介をした。こんなこと打ち明けたって誰も信じないだろう。

タイムリープした理由も、三年後の世界に戻る方法もわからない。現状は完全に手詰まり。

せいぜい今回は交通事故に気を付けよう。近所の神社でお守りでも買っとくか。

プリントの配布と今後の予定についての説明が終わり、やはり見覚えのある担任教師は早々に解散を言い渡した。

クラスの連中はさっさと帰るのも気が引ける様子で、近くの生徒と何か話している。

これからの高校生活を充実させるべく、気が合いそうな友人を早めに探し出そうってことだろう。

あー若い、若いねー君たち。

俺は教室の様子を見ながらウザい先輩みたいな言葉を心の中で呟いた。実際、精神年齢的には三つくらい上だけど。

かつては俺もそうだった。

輝かしい未来が待っていると信じ、慣れない友人作りにも挑戦してみた。

だが結果は惨敗。

俺は基本的にコミュ障ではないから多少の会話くらいはできる。

だが、それが続かないのだ。

相手に話を合わせるとか、相手の心中を察するだとか、相手の好きなものに興味を持つだとか。そういうことがいちいちめんどくさい、そう思ってしまう。

前回の俺は友人作りに失敗し、ゴールデンウィーク明けには立派なぼっちになっていた。

最初はちょっと頑張ってみたけど結局ぼっちになる、というのは数あるぼっちパターンでもかなりキツいものだと思う。

これはつまり、「ちょっとだけ話したことがある、でも今はもうロクに話さない微妙な顔見知り」がクラスに大勢いるってことだ。

こうなったら向こうもこっちも気をつかって事務的な会話もやりづらい。今はもう関《かか》わりがないのに、ちょっとしたやり取りでいちいち四月付近の「頑張って友達作ろうとしてた俺」を思い出してしまうのだ。話すたびに忘れたい記憶が湧《わ》き上がる最悪の呪縛《じゅばく》。

向こうも「あー、そういえばコイツ、入学してすぐのころは友達作ろうと俺にも話しかけてきたっけなあ……今はぼっちだけど」とか思ってたら最悪だ。いっそ殺してくれ。

一番嫌なのは、話しかけられるたびに「ひょっとして今回は会話が続くかもな」とか期待しちゃうこと。そして何事もなく会話が終了し、脳内で「ああ言えばよかった……」と一人反省会を開催することになる。これはマジで辛い。

だが、今回の俺は一味違う。

なんたってすでに一度、高校生活を体験しているのだ。

このアドバンテージは大きい。初見プレイの雑魚《ざこ》とは年季が違うんだよな。

人間は学習する生き物である。

前回の高校生活で得た教訓を踏まえ、二度目の高校生活ではうまくやってやる。

前の人生で得た最大の教訓。

それは、俺に人間関係の構築は向いてないということ。

頑張ったところでどうせぼっちになるのがオチだ。

つまり、友達作りは諦《あきら》めてさっさと帰るのが最善。教室に残っても時間の浪費だ。

ふふ、完璧《かんぺき》だ、完璧なムーブだぜ俺。さすがは高校生活二回目。

これで微妙な顔見知りが多くて気まずいぼっちから脱却することに成功し、最初からぼっちだから変な期待とかしないぼっちにランクアップ。大きな進歩だ。

人生攻略系のラブコメで成功するのってこんな気分なんだろうな。達成感がすごい。

俺は優越感を胸にして、颯爽《さっそう》と教室を後にした。

ホームルームが終わって即教室を出るこの動き、そんじょそこらの新入生にはできない芸当だ。やれやれ、タイムリープで圧倒的成長を手に入れてしまったな。

廊下に出て階段に向かう途中、背後から「待って！」という女子の声が聞こえた。もちろん俺に呼びかけたんじゃないだろう。こういう時、勘違いして振り向くとすごく恥ずかしいからな。そんな過ちは犯さないぜ。

理性的な判断を下した自分に満足していると、腕をがしっと摑《つか》まれた。何事？

「ちょっと！　なんで無視するの⁉」

さっきの「待って！」と同じ声で話しかけられる。

やべ、本当に俺を呼び止めてたのかよ。入学したばかりで知り合いもいないはずなんだがな。同じ中学出身の奴らとも交流はなかったはずだ。

鍵《かぎ》かハンカチでも落としたのかと思って振り向くと、どこか見覚えのある女子がいた。

色白の肌に意志の強そうな目、きれいに通った鼻筋、スッキリした形の口元。緩《ゆる》やかにウェーブした茶髪をボブカットにして、可愛い花の髪飾りをしている。

「やっぱり……」

潤んだ瞳《ひとみ》で俺を見つめる女子が、震える声で呟いた。

「……まさか、お前」

「私の顔、忘れたわけじゃないでしょ」

顔立ちに中学生らしい幼さは残っているが、この言葉を聞いて確信できた。

「花見辻《はなみつじ》、か？」

「そうよ。七村くん、七村穂高《ほだか》くん」

ふっと、花見辻が視線を下げる。何かをこらえるように、ぐっと口元を噛《か》みしめている。

数秒経《た》ってようやく顔を上げた花見辻は、目元を真《ま》っ赤《か》に腫《は》らしていた。

「い、生きてたのね……よかった、本当に、よかった……!!」

涙を流す花見辻を前に、そういえば俺が車に轢かれたときもコイツは泣いてたな、なんてことを思い返した。

◆

早いうちに教室を出たためか、周囲に人影は少ない。よかった、入学一日目から女の子を泣かせてる新入生とか絶対ロクな人間じゃない認定されるし。

さすがに教室前の廊下で話せることではなく、俺たちは渡り廊下を通って特別棟の五階に向かった。三年間もこの学校に通っていたのだ。人気の少ない場所くらいわかっている。

歩いているうちに花見辻も落ち着いたらしく、廊下の隅で向かい合うと気恥ずかしそうに目元を気にしていた。

「ごめんなさい、さっきは取り乱しちゃって……」

「いや、別にいい。それより花見辻、お前はやっぱり、三年後から？」

「ええ、そうよ。七村くんも三年後の記憶があるのね」

記憶から三年分幼くなった花見辻が、俺の目をまっすぐ見ながら手を握ってくる。

うおお、女子の指、細っ！　柔らかっ！　温かっ！　なにこれ現実？

これまでの人生で女子と触れ合った経験がほぼないので、つい目線が泳ぎそうになるのを必死にこらえた。

「本当にありがとう。あなたがいなかったら、私はきっと死んでたわ」

その言葉を聞くと、胸のあたりに温かいものが広がる感覚がした。

なぜこんな気持ちになるんだろうと考えて、そういえば、と思い当たった。

「恩を着せるつもりはないけど、どういたしまして。……やっぱりそっちの方がいいよな」

「やっぱりって？」

「いや、なんでもない」

わざわざ言うほどのことでもない。これは俺の身勝手な感傷に過ぎないからだ。

俺がトラックに轢かれたあと、花見辻は泣きながら謝っていた。気持ちはわかるし俺も同じ立場になったら謝ったかもしれない。

でも、謝罪よりは感謝の方が言われた方の気分もいい。

俺はようやく、花見辻から「ごめんなさい」以外の言葉を聞くことができたのだ。

花見辻はしばらく怪訝《けげん》そうな顔をしていたが、やがて優しい微笑を浮かべる。

「とにかく七村くんが無事でよかった。私も頑張った甲斐《かい》があったわ」

「ああ……この状況はお前がやったのか」

話しかけられた時から薄々そんな気はしていた。もっとも、どうやって時間を三年前に巻き戻したのかなんてことは想像もつかないが。

「うん。少し長くなるけど、聞いてくれる？」

俺が黙ってうなずいたのを見て、花見辻は事故のあとに何があったのかを語ってくれた。

やはりというかなんというか、俺はあの日の事故で死んだそうだ。

花見辻は命の恩人である俺を助けたいと思った。

だが、すでに俺は死んでいる身。できることは神頼みしかなかった。

花見辻の家は神職の家系で、実家はそれなりに大きな神社らしい。

理性では無駄だろうと気づいていても、花見辻は必死になって鎮守の森にある祠《ほこら》に祈った。

そして気がつくと自室のベッドで横になっていた。

やがて、俺たちが入学する当日、三年前にタイムリープしたことに気づいたそうだ。

最初は花見辻も狼狽《ろうばい》したが、入学式の日に戻ったなら俺も生きてるはずだと考えた。

そして、ホームルームが終わってすぐに俺の教室を訪れたらしい。

「ざっくり言うとこんな感じ。別に信じなくてもいいけどね、私もまだ半信半疑だし。あの時は必死だったからやるしかなかったけど、まさか本当にこうなるとは……って感じ」

そう告げる花見辻は、まだ戸惑っているように見える。

しばらく花見辻の話について考えた。色々と突っ込みたいことはあるが……

「神社の娘が神様に祈って時間を巻き戻すとか、ラノベかアニメか漫画かよ！」

「私に言われても」

「ですよねー」

あっさりいなされて俺はため息をつく。荒唐無稽もいいところだが花見辻の話は受け入れるしかない。異世界に転生するよりは現実味がある……のか？　そもそも「三年前に時間を遡《さかのぼ》る」という現象が意味不明なのだ。経緯が説明されただけマシと言えるかもしれない。

まあ、色々と問題は山積みだが先に言うべきことがあるよな。

湧き上がる照れ臭さを精神力で抑えつけ、花見辻を正面から見つめる。

「えっと、なんだ。その……どうも、ありがとう」

両手を体の横にそろえ、体感的にかなり深くまで頭を下げた。卒業証書授与の時くらい。

「ど、どういたしまして」

花見辻も少し戸惑った風な声音《こわね》で答えた。続く言葉は出てこない。

頭を上げると目が合い、お互いに気まずくなって目を逸《そ》らした。花見辻にとって俺は命の恩人で、俺にとっては花見辻が命の恩人ってことか……なんだかむず痒《がゆ》い気分だ。

ふと、変なことが気になった。

「なんで三年前なんだ？　死ぬ前に戻るだけなら事故の前日でいいのに」

花見辻は俺を生き返らせようと願ったらしいが、それなら事故の前日とか一週間前に戻れば十分だったはず。わざわざ三年前の入学式に戻る理由がない。

「知らないわよそんなこと。神様に聞いてよ」

にべもない返答。そんな軽いノリで聞けたら苦労しないぞ。

「うーん……あ、そうだ。もう一度、三年後に戻してもらうってのは？」

「え？」

「ほら、神社の祠に祈ったんだろ？　もう一度お願いしたら戻れるかもしれないだろ」

「あ、あー、それはそう、かも？　でも神様もそんな、何度もお願いを聞いてくれるかしら。暇じゃないと思うし」

「なんで花見辻が神様のスケジュールを知ってるんだよ」

なぜか腕組みしたまま目を逸らす花見辻。妙な雰囲気だが気にしている場合じゃない。

「花見辻だって三年前に戻って困ってるだろ？　とりあえずお前の実家だっていう神社に行って、頼むだけ頼んでみないか？」

「うーん、まあ、仕方ないわね……」

渋々といった様子で花見辻が教えてくれた神社は、高校から自転車で数十分程度の位置にある名の通った神社だった。

……マジか。意外とこいつ、お嬢様かもしれない。

親に「今日は入学式だけだから昼前に帰る」と言ってしまった手前、このまま直行すると言い訳が面倒だ。ひとまず俺も花見辻も家に戻り、昼飯を食べてから出直すことにした。帰宅すると母親が高校のことをあれこれ聞いてきて、はぐらかすのにだいぶ時間を喰《く》った。

俺は正午をだいぶ過ぎてから高校の最寄り駅に隣接したターミナルでバスに乗り、目的の神社にたどりついた。結構な規模の神社で、道路に面した幅の広い石段の上下に大きな鳥居がある。初詣の時期には石段からはみ出て道路にも行列が伸びるのだろう。

……女子の実家に来たのにわくわく感がゼロだな。神社って。

最寄りのバス停で待ち合わせた花見辻に先導されて石段を上り、本殿の脇《わき》に広がる林に入る。細い石畳の道から数歩ほど林に入ったところに、苔《こけ》むした祠がちょこんと鎮座していた。

「これか？　なんか思ってたより小さいな」

「それなりに謂《いわ》れがあるらしいけど、私はよく知らないわ。継ぐのは兄だから」

祠の前に二人してしゃがみ込む。祠の高さはしゃがんだ俺の背丈くらいだった。

そのままじーっとしていると、花見辻はジロッと横目で睨《にら》んでくる。

「ちょっと、祈らないの？　あなたが言い出したんだけど」

「へ？　ああ、えーっと。二礼、二拍手、一礼だっけ？　あれ、その前に手とか清めた方が」

「私はそういうのしなかったけどね。普通に手を合わせて、こう」

素直に手を合わせた花見辻が、何事か呟きながら目を閉じる。なにを呟いてるんだと思ったら「ナンマンダブナンマンマンダブ」とか言ってた。

「おい、それは念仏だろ！　もっとこう、祝詞《のりと》とかないのか？」

「知らないわよ専門家じゃないんだし。あの時は必死に祈ったらナンマンダブって言っちゃったの。こういうのはたぶん、心が大事なのよ」

そういうもんか？　甚だ疑問ではあるが、心が大事って意見は一理ある。

俺も願いを胸に手を合わせた。どうか俺たちを三年後に戻してください。できればラノベ作家の才能も添えてくれると嬉《うれ》しいです！


拝み始めてからおよそ数十分が経過したころ、祠の前で足を押さえて転がる俺たちの姿があった。

しゃがんだまま祈り続けたら死ぬほど足が痺《しび》れたのだ。もちろん三年後には戻っていない。

「うぐぐ、こんなに祈ったのに……いだだだだ」

「だから言ったじゃない、神様も忙しいだろうって……つっっっっ」

どうにか足に血が通い、よろよろと生まれたての小鹿のように立ち上がった。花見辻も顔をしかめてはいるが、どうにか立ち上がる。

「しかしまあ、これだけ祈っても無理か」

「やっぱり神様の気まぐれみたいなものだったのかもね」

それから祠を見た花見辻が、あごに手を当ててぽつりと呟いた。

「そもそも三年後に戻った場合、七村くんは大丈夫なのかしら？」

「ん？　どういうことだ？」

「いや、七村くんって車に轢かれたじゃない。『三年後に戻して』ってお願いした場合、ちゃんと事故の前に戻してくれるの？　うっかり死にかけの時点に戻ったりしない？」

「…………」

「…………よし、神様に頼んでみるのは止めよう！　仕方ないからもう一回高校生やってやる……めんどくせーけど」

はあ、とため息をついた。厄介なことになったな。卒業式が終われば高校生活も終わりだと思ってたのに、また三年間も高校に通う羽目になるとは。

「なんか悪かったな、お前を巻き込んだみたいで」

頭を下げて言うと、花見辻はきっぱりと首を振る。

「別に気にしないでいいから。自分をかばった人が目の前で死んだら誰だって助けたいって思うわよ。後悔なんてするわけない」

「そ、そういうもんか……お前いい奴だな」

陽キャの癖《くせ》にとか思っちゃうのはよくないよな。普通に考えてみれば、友達の多い陽キャの性格がいいってのは不思議じゃない。性格がいいから友達も多いんだろう。

「ま、それだけってわけでもないけど」

「え？」

小声でなにか呟いた花見辻に聞き返したが、ツンと視線を外したまま答えない。

まあいいか。そんなことより目下の懸念《けねん》があるわけだし。

「花見辻。命の恩人に対する礼の相場ってどんなもん？　ローンとか組めばいい？」

「なによローンって……そんなの私が知るわけないでしょう。それに、命の恩人はお互い様」

呆れた表情で俺と自身を交互に指さす花見辻。まあ、言われてみればその通りだな。

「だから貸し借りはなし」

「そうか。まあ、花見辻がそう言ってくれると俺としても助かる」

すると、花見辻は満足そうにうなずいて言う。

「考えてみれば私たち、ちゃんと話したのは今日が初めてね」

確かに。

不思議な感じだが、前回の高校生活を含めて花見辻とまともに話したのは今日が初めてだ。車に轢かれたあとのあれこれを「話した」にカウントするのはかなり無謀だと思う。俺はほぼ日本語しゃべれてなかったし、花見辻はずっと泣いてたし。

「今日はこんなところかしら。私も七村くんも三年前《こっち》に来たばかりで色々大変でしょうし、ひとまず解散ね」

「了解。話を聞かせてくれて助かった」

俺がうなずくと花見辻は魅力的な微笑みを投げかけてきた。止めろ、そういうのぼっちは慣れてないんだから。勘違いしたらどうすんだ。

それじゃあバス停まで戻るかな、と思った瞬間、花見辻はスマホを取り出した。

「では、お互い三年後の世界からやってきた仲間同士ってことで、これからよろしく。連絡先を交換しましょう」

「え？　あ、ああ……」

なるほど。リア充《じゅう》はこういう流れで連絡先を交換するんだな。なんせ経験が少ないものだから戸惑ってしまう。

見よう見まねでLEINを登録してから、ふと思いついて尋ねる。

「そうだ。聞きたいことがあったんだ」

「なにかしら？」

「この神社で交通安全のお守り、売ってるか？」

家に戻ってからどっと疲れを感じ、制服のままベッドに倒れ込んだ。交通安全のお守りは財布の中に入れておいた。

寝転がったままスマホに登録された連絡先を眺める。

花見辻空という名前を見て、初見だと苗字と名前の分かれ目がわかりづらい、なんてどうでもいいことを考えた。

◆

二度目の高校入学から十日ほどが過ぎても、特に問題もなく平穏な日々が続いた。

正直もう少し戸惑うかと思っていたが、意外とあっさり適応してしまった。何冊かタイムリープ系のラノベを読んだ経験が活《い》きたのかもしれない……こんな役立ち方ある？

授業は適当に聞き流し、休み時間にはラノベを読み、放課後になったらさっさと帰る。今回は友達を作ろうとしてないから一学期の最初からぼっちだ。タイムパラドックスがどーたらで未来から送り込まれた刺客とかも現れない。

うっかり「三年後からやってきた人のムーブ」をして怪しまれることもなかった。そもそも誰も俺のこと気にしてない。さすがぼっち、防御力が高いぜ。

せっかく三年の時を超えて高一に戻ったのに平穏なだけの人生でいいのかよ、という意見もあるかもしれない。

でも、よく考えてみてほしい。

小学一年生に戻るならまだしも、高三から高一に戻ってもやれることってそんなにない。

フィクションのタイムリープ物だと、ヒロインとか世界の危機とかを救うために時間が巻き戻る、あるいは主人公になにか大きな心残りがあるってのが定番だ。

だけど俺の場合、特にヒロインの命や世界の存亡が双肩にかかってるなんてことはないし、告白できなくて後悔していた相手もいない。

つまり俺には、高一に戻っても特にやりたいことなんかないのだ。

しかし、物事は多角的な視点で捉《とら》えるべき、というのも一理ある。「よっしゃ俺も友達に相談するぞ！」と思ったものの悲しいかな友達がいない。

だから入学式の日に神社から帰宅したあと、妹の皐月に聞いてみた。

「皐月。もし俺が三年後の未来からやってきたとしたら、なにをやればいいと思う？」

「はあ？　ついにラノベの読み過ぎで頭おかしくなった？」

制服のままソファにぐでっと座った皐月は、朝食用のシリアルをボリボリつまみながら半目で睨んできた。

妹は家にお菓子のストックがない時、朝食用のシリアルをそのまま食べる。牛乳をかけずに皿に盛ると見かけが完全に鳥のエサなのだが気にならないっぽい。

兄としてはもっと女子っぽいもの食べた方がいいんじゃないのとか思うけど、女子っぽいってなんだよと言われると困る。マカロン？

「気楽に考えてくれ。せいぜい兄の人生を左右するくらいの話だ」

「そう言われたら真剣に考えなきゃダメじゃん！」

皐月は二つ結びの髪を揺らして体を起こすと、さっきより姿勢を正してシリアルを食べ続ける。シリアルよりは優先度が低いらしいが、多少はやる気が出たらしい。

「おお、皐月が俺のことをそんなに大事に思っていたなんて……俺は嬉しい」

「だってお兄ちゃんがニートになったりしたら困るし。私、将来お兄ちゃんが孤独死しても身元確認とか嫌だからね？　臭そう」

「今からそんな心配するんじゃねえよ！　あとニートの場合は実家から出ないから、孤独死するにしても身元の確認はしなくて大丈夫だ」

「そういう問題かなぁ」

セミロングの黒髪を揺らしながらうーん、とうなる皐月。ちなみに本心を言えば、たとえどっか遠い町で孤独死したとしても身元確認くらいはやってほしい。

ひとしきり悩んだ末、皐月は短く言った。

「ま、勉強でもしとけばいいんじゃない？」

「勉強以外だと？」

「お兄ちゃんはそこそこ勉強できるのだけが取り柄なんだから。それ除いてどうすんの？」

「え、それ以外ないのかよ？　なんかこう、なんか……ない？」

「私に聞かないでよ」

嫌そうな目をした皐月だったが、あごに手を当てて一応は考えるポーズをした。

「お兄ちゃんにできることなんて勉強か、あとは……町のゴミ拾いとか？」

「町内会のボランティアかよ。お前の中で俺にできることの幅が狭すぎない？」

「モテないしモテようという気概もないし運動もできないし性格もひねくれてるお兄ちゃんが悪いんだよ」

「おい皐月、俺以外の人にそんな辛辣《しんらつ》な言葉吐いちゃダメだぞ。昔から一緒にいる俺だから、まだお前の言葉がリフレインしてロクに寝られない程度のダメージで済むんだからな」

「だいぶダメージ受けちゃってるじゃん」

まったく、妹には半分がやさしさで出来ている某頭痛薬さんを見習ってほしい。まあ、あの標語の意味は鎮痛成分だけじゃなくて胃を守る成分が含まれてるってことらしいけど。残念ながらメンタル的な意味でのやさしさではない。

皐月はため息をついて言葉を続けた。

「だって考えてみなよ。三年後から来たってお兄ちゃんはお兄ちゃんでしょ」

「そうだな」

「だったら結局、お兄ちゃんにできることしかできないじゃん」

言われてはっと気づく。確かにそうだ。

いくら時間を遡ったからといって、俺の身体能力や顔面偏差値や対人能力が上がったわけで

はない。女神様にチート能力をもらって異世界転生したのとはわけが違う。

時間を遡っても能力が上昇してるわけじゃない以上、大したことはできない。

俺が俺である前提が揺るがず、生まれてから中学三年までの十五年間に起きた出来事も以前と変わらない。

ならばそれなりに前回の人生と類似した、平穏な人生を送るしかないのだろう。

うん。タイムリープしたことを隠してあえて静かに生きるとか、逆に本来の実力を隠してる主人公っぽくていいかもしれん。

でも正直に言えば、「これから上がる株を買って大儲《おおもう》けして悠々自適のニート生活を送れるのでは？」くらいは思った。実際、なんの株を買おうかと考えてみたこともある。

だが、俺は致命的なことに気づいた。

……前回の高校生活で企業の株価とか気にしたことなかったから、これからどの株が上がるとか全くわかんねえ。

くそっ、タイムリープすることがわかってたら毎日でも株価をチェックしたのに！

なんとなくタイムリープ前に有名だった企業の名前くらいは思い出せるが、本当にその企業が儲かってたのか、これから株価が上がるのかって情報を調べることができない。いくらネットに転がっている情報が膨大でも、今から三年後のことは教えてくれないのだ。

自称未来人の予言はいくつかヒットしたが、第三次世界大戦とか大災害とか壮大すぎることしか言ってない。いいから株価を教えろ。

さらに根本的な問題として、たとえ将来値上がりする銘柄を覚えてたとしても、未来が俺の知っている通りになる保証もないのだ。俺はすでに前回と違う人生を歩んでいるし、バタフライエフェクト的なノリで株価に影響が出ないとも限らない。小遣《こづか》いを突っ込むのは怖い。

というわけで、株で人生ウハウハ計画は頓挫した。

だが、前回から進歩したこともある。たとえば学力とか。

つい数週間前まで高三の受験生だったやつが高一に戻れば当然、授業がめちゃくちゃ簡単に感じる。そのうち受験生用の参考書でも買おう。

そんなわけで、俺は前回と変わり映えしない平穏な高校生活を送ることにしたのだ。

ちなみに花見辻は何度か校内で見かけたが、いつも友達と一緒にいて感心した。マジで俺とは人種が違うっていうか、身にまとう雰囲気がカースト上位のそれなんだよな。二年と三年で同じクラスになった時も、花見辻はあんな感じのグループの中にいた記憶がある。

校内で話すことはなかったが、花見辻からは何度かＬＥＩＮが来た。

てっきり交換はしたもののそれっきりパターンかと思ってたので驚いた。同学年の女子からＬＥＩＮが来るとかビッグイベントすぎる。

だが、赤飯炊いた方がいい？　なんて思ったのも最初の一回だけ。

二回目から普通に返信するのがダルくなった。

こういうところが、俺がぼっちな理由なんだよな……。

人間関係でいちばん難しいのは関係を結ぶことではない。関係を維持することなのだ。

幸いにも花見辻のLEINは簡潔で、面倒な絡みが苦手な俺にとってはありがたい。これでスタンプ連打とかされてたらビビって反射的にブロックしてたかもしれん。

だが、大した用じゃないのにLEINを送ってくるのは困りものだ。『で、用件は？』って言いたくなる。

昨夜もベッドに寝転んでラノベを読んでいると、スマホにふわっとした話題が飛んできた。


『最近はどう？』

『まあ、それなりに上手《うま》くやってる』

『そう　クラスでも居場所はできた？』

『ああ　今の状態には満足してる』

『ならよかった　前のクラスでは友達が少なそうだったから心配してた』

『見くびるなよ　少なかったんじゃない、限りなくゼロに近いゼロだ』

『カッコよさげに言ってるけど結局ゼロじゃない　せっかく私がボカした意味は？』

『俺の心配してるってことは、そっちは順調そうだな』

『まあね　元から友達は多い方だったし今回もうまくいってるわ』

『なによりだな』

『そろそろお互いに落ち着いたころでしょう　どこかで会わない？』

『いや、自分は出会い目的でやってるんじゃないんで』

『出会い目的ってなに⁉』

『ネットのやり取りにリアルの交流を求めるのは違うかなと』

『いや同級生だから！　思いっきりリアルの知人でしょう！』

『あんまりがっつかれると引く』

『なんで私が強引に迫ってる感を出してるのよ』

『なにお前、俺のこと好きなわけ？』

『いや違うけど　普通にそれはないけど』

『まあ、そういうわけだから　必要があったらまた追々な　それじゃまた』

『そういうわけってどういうわけ？』


最後の返信は既読無視した。いや別に、それなりに緊張しながら送った『なにお前、俺のこと好きなわけ？』があっさり受け流されて傷ついたわけじゃないから。全然期待してないし？

むしろ変に勘違いする余地がなくなって助かったって感じだし？

もちろん『今の状態には満足してる』ってのも嘘《うそ》ではない。

友達を作ろうとしてないんだからぼっちなのは当たり前。納得と満足以外の感情が湧くはずもないのだ。

ってかなんで花見辻は俺の交友関係を気にするんだ。俺の親かよ。まあ、実際の親はなんか察してるっぽくて「友達できた？」とか聞いてこないけどな。

そんなＬＥＩＮを交わした翌日も高校生活は平穏そのもの。

クラスでは誰も俺に話しかけてこないが、面の皮さえ厚ければ大した問題ではない。

昼休みにはいつも通り、悠々と自分の席に座ってぼっち飯を食べていた。クラスのあちこちでは生徒がグループごとに分かれて昼飯を食べているが、俺には関係ない。自販機で買ったお茶と一緒に購買のパンをもそもそ食べる。

あー、やっぱり購買のカツサンドって美味いな……なんかこう、パンも衣もキャベツも全体的にしなっとしてるのがいい。やる気なさげでホッとするんだよな。

こうやって堂々とぼっち飯をかましていると、クラスメイトもなにかを察するのか近寄ってくることはない。前後左右の机には誰も座っていないので、俺の周囲だけ不可侵の結界が張られているっぽい。

さっさと昼飯を食べ終えてラノベを読んでいると、机の横を女子グループが笑いながら通り過ぎていった。顔を上げなくても、会話の声量からクラスで一番目立つ陽キャグループだと見当がつく。

学生は声の大きさで学校での地位がわかる。

声がデカイ奴ほど勢力が強く、弱小勢力は大きな声を出すことが許されない。鳴き声で縄張りを主張する動物かよ。ちなみに話し相手がいないぼっちはマジで声出さない。

たまに声が大きなオタク集団もいるが、そういう連中は学校で健全に楽しくやっている。ぼっちとは雲泥の差だ。

……これは忘れたい記憶だが、前の高校生活ではクラスのオタク集団に入ろうとした記憶がある。当時は趣味が合いそうだと思ったのだが、いざ話してみるとアニメも漫画も俺の趣味とズレていたし、連中がやってるソシャゲも俺はプレイしていなかった。ちなみにコイツら、ラノベはそもそも読んでいなかった。

こういう集団はグループ内で共通言語化しているアニメや漫画、ソシャゲがあって、それを知らないと会話がかみ合わない。友人が視聴してるから俺も視聴する、一緒にガチャを回して一喜一憂したいからソシャゲをやる、というムーブが苦手な俺は見事にグループ内で浮いた。だから俺の方からそれとなく距離を置いたのだ。

向こうから見限られたのではない。俺から距離を置いたわけ。ここ大事だしテストに出る。

ゴールデンウィーク明けに登校したらオタクたちが映画館に行った時のこと話してて、「いやちょっと待てよ。俺、誘われてなくね?」って全てを察して離れたのである。先にハブられてたとか言うな。

作家とは孤独を愛する生き物である。つまり将来のラノベ作家である俺に友達とか不要。それにあいつら地味に同調圧力とかすごいし集団になっていろいろ勘違いしてるっぽいし何気にめちゃくちゃ苦手なタイプなんだよな。

つまるところ、俺には根本のところで協調性というか、自分を曲げて集団に適合させる能力が欠けているらしい。

ここから導き出される結論は一つ。俺にはぼっちが合ってるということ。

俺自身がぼっちであることに納得している以上、なにも問題はない。

しばらくそんな思考に気を取られたが、再びラノベに視線を落とす。だが、その集中も数秒で途切れてしまった。

一人の女子が、俺の横で立ち止まっていることに気がついたからだ。

誰だ？　まさか俺に用があるわけでもないだろうが。

気になって横目で確認すると、さっき机の横を通った陽キャグループにいるギャルだった。名前は確か星ヶ崎《ほしがさき》とか言っただろうか、明るく脱色した髪をサイドテールにしている。いくら東谷高校の校則が緩めだとはいえ、これはギリギリだと思う。

それなりに進学校ってことで名が通ってるうちの高校にギャルがいることについてはなにも言うまい。陽キャって運動も勉強もできて要領いい奴が多いしな。勉強しかできないのは総じて陰キャと相場が決まっている。たとえば俺とか。この世の真理が厳しすぎる。

じっと横目でうかがっていることに気がついたのか、星ヶ崎は俺と視線を合わせた。向こうが立ってるから、なんかめちゃくちゃ見下されてる気分だな……俺にそういう趣味はないんですけど。星ヶ崎はただでさえツリ目がちなので、じっと睨まれてると普通に怖い。ひょっとしてこれカツアゲとかされちゃうやつ？

そんなことを思っていたら星ヶ崎が口を開いた。

「……きもちわる」

小声でそれだけ言って、何事もなかったように教室前方の女子グループの方に歩いていく。途中で別の女子とぶつかりそうになり、「うわっとごめん」と小さく呟いた。ぶつかりそうになった女子（たしか坂戸《さかど》って名前）も「あ、うん大丈夫ー」と返す。

ごめんねー、と坂戸に笑いながら女子グループに合流する星ヶ崎。

「ちょっと瑠璃《るり》、なにやってんの」

「なんでもなーい」

「ねえねえ見てよこの動画、めちゃ面白《おもしろ》くない？」

もはや俺のことなど眼中にない様子で、星ヶ崎は楽しそうに雑談を始めた。

……なんか声のトーン、さっきの「きもちわる」と全然違くね？　違う声帯から出てんの？

お母さんが電話してる時に普段より声が高くなるのと同じなの？

それにしてもギャルこえーよ。

なんかギャルはオタクに優しい的な幻想あるけど、普通にそんなのなかったわ。めちゃくちゃ下に見られてたわ。

ああ、ひょっとしたらオタクがダメなんじゃなくて、俺がぼっちだからかもしれない。陽キャってぼっちとか友達少ない人間を異様に軽視するからな。あれってなんで？　量より質って習わなかったのかよ、友達も腹八分目がいいに決まってるだろ。

まあ、この理論だとぼっちは食わずに餓死してるけどさ。

そういえば前回の高校生活を振り返っても、星ヶ崎の記憶がほとんどない。一年の時は同じクラスだったわけだし、多少は記憶に残っててもよさそうだけど。振り返るほどの中身がないだろってことは言わない約束だ。まあ、それくらい交流がなかったんだろう。

「……チッ」

ぼーっとしていたところに舌打ちが聞こえてビクッってなった。まさか俺って自分の席に座ってるだけで舌打ちされるレベルで嫌われてる？

舌打ちをしたのはちょうど俺の横を通りかかった坂戸だった。肩まで伸ばした黒髪にヘアピンを留めた坂戸は、顔半分だけ振り返って星ヶ崎の方をジッと睨んでいる。どうやら舌打ちしたのは星ヶ崎に対してのようだ。俺じゃなくてよかったー。

坂戸も休み時間には友達とうるさく騒いでいて俺からすれば十分陽キャだが、星ヶ崎とはグループが違う。陽キャも一枚岩じゃないらしい。

陽キャも大変だなと考えていると、スマホがぶるっと振動した。

どうせ大した通知じゃないだろうが、気まぐれにスマホを取り出す。

画面には「花見辻空」の文字が表示されていた。

これまで学校にいる時間帯にＬＥＩＮが飛んできたことはなかった。面倒な予感がするのでスルー推奨したいところだが、無視したら余計にこじれる気もする。

渋々トーク画面を開いた。

『この前と同じ特別棟の廊下に来れる？』『できれば昼休み中がいいんだけど』

なんてメッセージが表示され、思わず眉間に手を当てた。美少女からのメッセージだろうと面倒ごとには変わらない。

既読をつけた以上、行かないのもマズい。『ごめーん、寝てた！』は可愛い女子の特権。

『しばらく待っててくれ』と返信し、ため息を押し殺して立ち上がった。


「遅かったじゃない」

「仕方ないだろ。俺のクラスから遠いんだよ、ここ」

特別棟五階の廊下にたたずむ花見辻は、むっつりとした表情で腕を組んで仁王立《におうだ》ちしていた。

なまじはっきりした顔立ちをしているから、やけに迫力がある。

「ここに呼ばれた理由、わかる？」

「わからん」

俺の返答に花見辻はこれ見よがしなため息をついた。それからずいっと一歩近づいて、低い声で言う。

「単刀直入に言うわ。なんで七村くん、せっかく三年後の世界から戻って来たのに今回もぼっちなのかしら？」

あー、そのことか……面倒だからできれば深く話したくないんだけどな。

話の矛先を逸らすついでにこっちから質問してみる。

「っていうかお前、なんで俺の交遊関係とか気にしてるんだ？　親かよ」

「気になるわよ。あなたは私にとって命の恩人なわけだし」

「だからそれは気にするなって」

反論しかけた俺をさえぎるように、花見辻が言葉をかぶせてくる。

「この件を抜きにしても、知り合いがぼっちだと寝覚めが悪いのよ。できれば友達を作ってほしいって思うのは普通でしょう？」

そういうもんか？　陽キャとかリア充の思考がわからん。こうなるならもっとリア充が出てくるラノベを読むべきだったか。

「ちょっと待て。なんでお前は俺がぼっちなこと知ってんだよ。クラス違うだろ」

「A組には中学の友達がいるの。そこ経由でそれとなーく七村くんのこと聞いたら、『あー、七村くん（笑）』みたいな反応をされたわ」

「女子の反応がリアルに想像できるのが辛い！」

うわ、他者経由で自分の評判が伝わってるの、地味にキツいな。お母さん連絡網で俺の個人情報がクラスメイトに筒抜け的な気分。

その友人が言った内容もおおよそ見当がつく。どうせ「いつも自分の席で黙ってラノベを読んでるぼっち」って感じだろう。うん、完璧に正しいな。

「っていうかあなた、私が『クラスでも居場所はできた？』って聞いた時、『今の状態には満足してる』とか返してきたじゃない！　なに普通に嘘ついてるのよ⁉」

「いや、嘘は言ってない。別に友達を作ろうとか思ってないしな。誰にも話しかけずに一人でラノベ読んでたら、ぼっちになるのも当然だろ」

あからさまに眉《まゆ》をひそめた花見辻が、ジロリと睨みつけてくる。

「もう一度聞くわ。せっかく三年前に戻ってきたのに、またぼっちでいる理由は？」

軽く肩をすくめて何気ない風で答える。

「花見辻は二年も三年も同じクラスだったから知ってるだろ。あの時も俺はぼっちだった。今回も同じじってだけだ」

「でも、今のあなたには前回の経験があるでしょ。前はぼっちだったとしても、それを反省して今回は友達を作ろうとか思わないの？」

やれやれ、コイツはなにもわかってないな。まあ、花見辻のような人間にぼっちのことはわからないのだろう。

「花見辻、お前は大事なことを忘れている」

重々しく言った俺に、花見辻が怪訝そうな表情を浮かべる。

「大事なこと？」

「そうだ。お前は言ったな、『前回の経験があるでしょ』と。つまりお前には、前回の人生で蓄積した人間関係の経験値があるわけだ」

「そりゃそうよ。誰と気が合うのか、逆に誰と気が合わないのか、そういうこともあらかじめわかってるわけだし。前回よりもすんなり友達が作れたわ」

校内でも友達と一緒にいる姿を見かけるし、それは事実だろう。別に花見辻のことを目で追ってるわけじゃないんだが、なんせ美少女だから歩いてるだけで目立つんだよな。

「七村くんだって前回のことをなにも覚えてないってことはないでしょう？　だったら多少はうまくやれると思うけど」

「甘い、甘すぎるな花見辻よ。その理論はぼっちに当てはまらない」

「ど、どうしてよ？」

いきなり上から目線で話し始めた俺に、明らかに花見辻が引いている。少し恥ずかしくなったので、俺は照れ隠しに胸を張って堂々と言い放つ。

「ぼっちはそもそも人間関係がない。つまり前回の高校生活でぼっちだった俺には、友達作りに役立つ経験値とかないんだよ」

面の皮の厚さとかぼっちを気にしない精神力はあるけど、友達作りに役立つものじゃない。

「だから俺が友達作るとか無理！」

「なんでそんな堂々と言うのよ……」

花見辻が見事にドン引きしている。

まあ仕方ない、なんせぼっちは孤高の存在。常人の理解は得にくいものだ。

「それにぼっちは楽だしな。他人のことを気にしなくていいし。俺の性に合ってんだよ」

「ぼっちが楽って言うけど、七村くんは人間関係の大変さとか知ってるわけ？」

「俺だって前回は友達を作ろうと考えてた。でも無理だったんだよ。誰かに合わせて共通の話題を作ろうとするとか、話の流れで思ってもない相槌《あいづち》を打つとか、楽しくもない話題に愛想笑いするとか。だから前回はぼっちだったんだ」

「……でも、だからって今回も前と同じでいいわけ？　せめて前よりうまくやろうとか、そういう気持ちがあってもいいんじゃない？」

「いや、俺はちゃんと前回の反省点を踏まえて生きている」

「ふーん？　どんな反省よ」

　どうやら花見辻からの信頼度はゼロに近いらしく、めちゃくちゃしらーっとした視線が飛んでくる。ひょっとしたらマイナスに突入してるまである。

　気まずさをごまかすため、ちょっと咳払《せきばら》いをしてから口を開く。

「アレだ、ぼっちには二種類ある。友達を作ろうとした時の痛い記憶と微妙に気まずいクラスメイトがいるぼっちと、最初から孤高を貫いたぼっち。前回はつい友達を作ろうなんて色気を出してしまったが、今回は最初から友達作りを諦めることにより、痛い黒歴史を作らずに済んでいるってわけだ」

「それって明らかに間違った方向に突き進んでない？」

「ちゃんと正しい未来に向かって突き進んでる。二階級特進だ」

「それ、殉職してるでしょう……いや一回死んだのは合ってるんだけど」

　花見辻は呆れた口調で言って、頭痛の時みたいに額に手を当てた。

「なんで人間関係から逃げるのよ」

「逃げてるわけじゃない。転進と呼んでくれ」

「撤退って言葉を使えない軍隊なの？」

　でも実際、俺はこれっぽっちも逃げてるとは思ってないのだ。

「逃げってのは仕方なく行われる消極的な選択だが、俺は積極的に友達を作ろうとしてないんだ。自分が納得して決めた道を逃げとは呼ばないだろ？」

正論を吐いたつもりだったが、残念ながら花見辻は相変わらず懐疑的なジト目を崩さない。

やれやれ、これだから友達至上主義者は。ぼっちと和解する日は遠いな。

「でも、今だって普通に話せてるんだし、コミュ障ってわけじゃないんでしょ？」

「まあな。致命的なほどのコミュ障じゃないと自分でも思ってる。妹とも普通に話せるし、初対面の相手ならそれなりに友好的にやれる」

「だったら多少は相手に合わせることもできるんじゃない？　少しの努力で友達ができて高校生活が楽しめるなら、悪いトレードオフではないと思うけど」

友達がいれば楽しい。なるほど、現実でもフィクションでもよく聞く言い分だし、友達を作ろうと奮闘する系のラノベは俺も好きだ。

だが、その理論は必ずしも全員に当てはまるものではない。

「あのな、コミュ障じゃなくても人間関係が苦手ってのはあるんだよ。一時的なコミュニケーションをこなすことと、社会的なコミュニティに属することは別だろ」

「それは、そうだけど……」

「最初こそ相手に合わせられても、いつか化けの皮がはがれる。最終的に破綻する関係なら作らない方がマシだ」

どうせ決別する友達なんて、時限爆弾みたいなものだ。そんな相手と一緒にいたところで楽しめないし、疲れるだけだろう。

押し黙った花見辻はなおも不満そうな顔つきだ。

俺に関わったところでなにもメリットはないだろうに、底なしのお人よしなんだろうか。将来、マルチビジネスとかネズミ講に引っかからなけりゃいいけどな。

「……じゃあ、私がこうやって話しかけるのも、七村くんは面倒だと思うわけ？　もう話したくないって思う？」

視線を逸らした花見辻がぼそりと呟いた。

「いや、花見辻は別にいいだろ」

即答した俺に花見辻が目を丸くして、上目遣《うわめづか》いでさらに問い詰めてくる。

「ど、どうして？　どうして私はいいのかしら？」

「そりゃあ花見辻は特別だからな」

なにを今さら。当たり前のことだろ。

そう思ったのだが、さっきまで俺をまじまじと見つめていた花見辻が、なぜかふいっと顔を逸らした。こっちを向いたりそっぽを向いたり忙しい奴だな。

「そ、そういうこと、いきなり言ってくるのはズルいと思うけど……」

なんだよお前が聞いてきたからだろ、という文句を押し殺す。頬《ほお》が心なしか赤らんでいるような気がするけど、光の当たり具合のせいだろうか。

それから花見辻は口元を持ち上げて、得意げな顔つきで話し出す。

「ま、まあ？　身を挺《てい》して助けちゃうくらいだもの。私だって七村くんの想いに気づいてないわけではないけど、今のままではお互いにちょっと色々と問題が」

なに言ってんだこいつ？　早口でまくしたてる花見辻をさえぎる。

「特別ってのは、お前が俺と同じ三年後の世界からやって来た唯一の仲間だからだ。三年後から来た者同士、お互いにしか話せない問題もあるだろうし」

俺の言葉を聞いた花見辻がぴしりと動きを止めた。数秒ほどの間が空き、みるみるうちに花見辻の顔が紅潮していく。なんだこの反応。

何度か頭を振ってから窓の方に視線を向け、コホン、と咳払いをして答えた。

「……うん、わかってたから。そうよね、私たちはお互いに三年後から来た仲間として協力体制を整えるべきよね。うんうん、私もその通りだと思う」

「お、おう。理解してくれてなにより」

「私たちが仲間なのはいいとして、前回はあなたとほとんど話さなかったから、お互いの相互理解が足りてない点は問題だわ」

「話したことがないのはお前だけじゃないから心配するな。自慢じゃないが俺は高三のとき、事務的な会話と先生に指名された時以外でほとんどしゃべった記憶がない」

「本当に自慢じゃないわね」

「高三の体育祭で着たクラスTシャツ、みんな背中の名前がアダ名なのに俺だけ『七村くん』

だったし」

「ぐっ……ちょっと！　聞いてるこっちの胸がキュッとなるエピソード言うのは禁止！　寝る前に思い出したら寝つきが悪くなるでしょう」

俺のぼっちエピソードが怖い話みたいな扱いを受けていた。

まあ本当にあった怖い話ではあるけどな。

「それはともかく、だ。俺の問題に花見辻が構う必要ねえだろ。お節介にもほどがある……ハッ、まさかお前、実は俺のことが好」

「それはないけど」

食い気味で否定された。まだ「ス」しか言ってないのに。

清々《すがすが》しいくらい脈なしだな、知ってたけど。やはりぼっちに青春ラブコメは荷が重い。

「ごほん、あー、まあアレだ、俺は特に高校生活をやり直したいとか思ってないんだよ。俺がこのままでいいと納得してるんだから、花見辻にあれこれ言われる筋合いはない」

「それは、そうだけど」

反論する糸口が見つからないのか、花見辻が悔しそうに黙り込む。俺の人生の尻拭《しりぬぐ》いをできるのは俺だけ。悪いがそう簡単に主義を曲げるつもりはない。

「そもそも花見辻だって、俺のぼっち脱却を手伝うとかそこまでの覚悟はないだろ？　あれば話は別だが、そうじゃないなら俺の主義に口を」

「わかったわ」

俺の言葉をさえぎった花見辻が力強い視線を向け、人差し指をビシッと向けてくる。

「は？」

「あなたのぼっち脱却、私が手伝ってあげる。これなら文句はないんでしょう？」

数秒、時間が停まった。

なに言ってんだコイツという疑問が脳内を駆け巡り、自信ありげな笑みを浮かべる花見辻の顔にちょっとだけ見惚《みほ》れてしまう。

「言ったわよね。あなたのぼっち脱却を手伝うなら話は別だって。覚悟を見せてあげる」

「あ……あのだな花見辻。今のは言葉の綾ってやつで、俺はマジでぼっちのままでいいと思ってるんだが」

「ゴチャゴチャ言わない！　男の癖にみっともないわよ」

「おい、今時はそういう男だから～とか女だから～ってのはＮＧだ。ポリコレ的に。ハリウッドに出られなくなる」

「なにがハリウッドよ。あーもう、めんどくさいわね。こんな美少女がぼっち脱却の手伝いをしてあげるって言ってるんだから、ちょっとはありがたく思いなさい！」

「ところどころ自己評価高いな！」

そうツッコんだところで予鈴が鳴った。あと五分で午後の授業が始まる。

「はあ、ひとまず話は持ち越しね」

「ぼっち脱却の話はなかったことにしたいんだが」

「それに関しては放課後に作戦会議をしましょう」

やる気満々かよ。面倒なことになった……。

「ぼっち脱却のこともそうだし、あなたと私、三年後から来た者同士で定期的に顔を合わせて、色々と懸念事項なり問題なりを話しておくべきじゃない？　あなたもさっき、私は特別だって言ってたし」

「確かに言ったかもしれんが」

頭を抱える俺を横目に、花見辻は段取りを進める。

「時間についてはどうしようかしら。お互いに予定も……私の方には予定があるから、毎日は会えないわね」

「勝手に俺の予定がない前提にするな」

「へえ、なにか予定があるの？」

「武士の情けでそこは聞かないでほしかった」

「どこに武士がいるのよ」

露骨にため息をついた花見辻が、スマホを取り出して思案する。

「うーん、それじゃあ毎週月曜日の放課後にしましょう。人目を避けて学校から少し離れたファミレスで集合。場所はあとで送るわ」

「ここじゃダメなのか？」

俺たちがいる特別棟五階の廊下も、普段はほぼ人が来ないはずだけど。

「美少女をこんな場所に呼びつけて良心が痛まないわけ？」

さっきからコイツ、照れもせずに自分のこと「美少女」呼ばわりしてやがる。いや確かにその通りではあるんだが、自己肯定感が高すぎるだろ。

「それにここは座る場所もないし、校内で会うのは緊急時だけにしたいわね。うっかりクラスの誰かにバレでもしたら面倒だし」

「あー、それはまあ、お前が困るよな」

俺はそもそもクラスの人間から気にかけられてないし、自分の評判とかどうでもいい。

だが、二回目の高校生活を順風満帆に送っているであろう花見辻からすれば、俺みたいなぼっちと会ってることはバレたくないだろう。

「あなたがもう少しちゃんとしてれば、私だって問題なかったわよ」

どこか拗《す》ねた口調の花見辻。俺のせいかよ？　と思ったけど普通に俺のせいだった。

「まあいいわ。あなたがぼっちを脱却して、真っ当な学生生活を送れるように頑張るから」

「余計なお世話なんだが……」

「せっかく高一に戻ったのよ？　友達と楽しく過ごさないなんて損に決まってる。命の恩人であるあなたがつまらない高校生活を送ってると、私の方も気詰まりなの」

「だから、それはもういいって」

「じゃ、私は先に帰るわ。放課後にまた会いましょう」

「基本的に俺の話は聞かないんだなお前⁉」

俺の話を聞く素振りも見せずに花見辻が階段を下りていった。連れ立って下りるわけにもいかないのでしばらく時間を潰《つぶ》し、授業が始まる直前に教室に滑り込んだ。

さすがに授業が始まる直前だからか、自分の席に話したことない奴が座ってるということもない。ちょっとホッとした。

ぼっちの席ってやたら所有権を奪われがちだからな。あれってなんでだよ。

◆

放課後、俺は高校からちょっと離れたバス通り沿いのファミレスにいた。バス通学の花見辻にとっては通学路で、自転車通学の俺も高校から十五分も走れば到着する距離にある。

ウチの高校はほとんどが自転車か地下鉄で通学しており、バス通学の生徒は多くない。そのおかげか、花見辻はこのファミレスで同じ高校の制服を見たことはないらしい。

「さて、七村くんのぼっち脱却についてだけど」

向かいに座った花見辻が真面目《まじめ》くさった表情で口にする。花見辻の前にはウーロン茶、俺の前にはコーラの入ったグラス。

「やっぱりその話するのかよ……」

「当たり前でしょ。そのために集まったの」

わかってるけど気は進まない。揚げ足を取られただけって気もするし。

「そもそも俺自身が別にぼっちのままでいいって言ってるんだが」

「でも、三年間ぼっち生活はもったいないわよ。せっかく前回のアドバンテージもあるんだし、有効活用しなきゃ」

「勝手に俺の人生に張り切ってくれてるとこ悪いが、俺にアドバンテージとかないぞ？　前回もぼっちで友達はいなかったし」

「うーん、じゃあ発想を変えましょう。友達になりたかった人とかいない？」

「いない。俺より友達の多い人間は苦手なんだよ」

「この世のほぼ全員じゃない」

呆れた様子でジト目を向けられ、俺は視線を逸らしてコーラを飲んだ。

「じゃあ、少しは雑談とか交わせる人」

「いない。俺のぼっちはクラスに親しい人がいないってレベルじゃなくて、クラスで口を開くことがほぼないレベルなの。孤高を極《きわ》めてんだよ」

「孤立を深めてるんでしょう」

「うるせえよ」

「だいたいぼっちだと困らないわけ？　授業を休んだ時とか、教科書忘れた時とか、体育の二人一組とか」

「自慢じゃないが俺は健康体で授業とかほぼ休まないし、教科書を忘れたら諦める」

「それはどうなのよ」

「二人一組は確かにキツいが、大抵は俺のほかにも余った奴がいるからな。先生が勝手に『じゃあ七村と組んでやれ』とか言ってくれる」

でも、よく考えたらこの言い方っておかしいよな。余ったのは相手もお互い様だろ。なんで俺が組んでもらってるっぽい雰囲気になってんだよ。納得いかかねえ。

「毎回それに耐えられるあなたのメンタル、尊敬したくないけどすごいと思うわ……」

おい、憐《あわ》れんだ視線を向けてくるな、ぼっちは憐れまれるのがすげー嫌なんだからな。ぼっちであること以上に周囲の目線の方が心にくる。

「ウチの高校は荒れてないからぼっちでも迫害とかされないし、慣れれば大丈夫だ」

まあ、ギャルに「きもちわるい」とか言われちゃったけど、せいぜいそのくらいだ。ときどき寝る前に思い出して悶《もだ》える程度。

「仕方ないわね。あなたのレベルに合わせるわ。七村くんは教室で目を開ける？」

「小一のプールの授業かよ。想定されてるレベルが低すぎだろ」

「そう、開けないの」

「開ける、開けます！　授業で指されたら答えるし、事務的な会話くらいなら交わしたこともある」

「へえ、誰と？」

花見辻の目が興味深そうに輝く。なんとなく気恥ずかしさを感じながら、ぽつりと答える。

「誰とって……クラスの委員長とか」

ギャルから「きもちわる」と言われたが、あれを会話に数えるのはさすがに気が引けた。ぼっちにもプライドはある。

俺の答えを聞くと、花見辻の顔が少し明るくなった。

「A組のクラス委員長ってたぶん、白峰真白《しらみねましろ》って子でしょ」

「なんでわかるんだよ。ってか下の名前を言われても俺の方がわからん」

おっしゃる通りウチのクラス委員長は白峰という女子だ。背中まで伸びた黒髪ストレートが印象的で、まさに優等生って感じ。

この前、英語が移動教室になったことに気づかないで机でラノベを読んでたら「次、移動教室だから」と話しかけられて「お、おう。どうも」と答えたのだ。冷静に考えてこれを会話にカウントするのはキツいが贅沢《ぜいたく》も言ってられない。

それはいいとして、なんでコイツが白峰のことを知ってるんだ？

ま、まさか俺のことを気にしてクラスの様子をうかがってたり……？

「真白とは前回の高校生活で友達だったのよ」

「なんだよそういうことか。てっきり花見辻にストーカー疑惑をかけるところだった」

「どうしてそうなるのよ‼　っていうかクラスメイトの名前くらい知っておきなさい」

「普通は異性の下の名前まで覚えないだろ」

まあ俺は男子の名前も知らんけど。本当なら上の名前を覚えてただけでも褒めてもらいたいくらいだ。

白峰とは前回の高校生活でも一年と二年で同じクラスで、何度か話した記憶がある。もちろん事務的な会話だが、ぼっちの俺に普通に話しかけてくれた人が珍しいので、こんなことでも印象に残っちゃうのだ。確か前回も白峰はクラス委員長で、その関係で話しかけてきたんだと思う。

なにやらふんふんとうなずいていた花見辻が、ピッと人差し指を立てた。

「うん、いいじゃない。真白って真っすぐな性格してるし、あなたにも分け隔てなく接してくれるでしょう」

「唐突に話を進めるな。なんの話だ」

「だからあなたのぼっち脱却の話よ。忘れたの？」

　忘れてないが忘れたい話だ。っていうか、その流れで言うと……。

「事務的な会話とはいえ、話したことがある相手の方がやりやすいでしょう。まずは自分から真白に話しかけてみなさいよ」

「いやいや待て、そういうのって普通は男子からだろ！　いきなり女子とかぼっちにはハードル高すぎる！」

「男子でもハードル高そうだし同じじゃない？」

「そういう問題じゃねえよ」

　確かにラノベではそういう展開もあるけど！　現実で友達になる目的で女子に話しかけるとかぼっちには無理。花見辻みたいに向こうから話しかけてくるなら応対できるが、自分から話しかけるみたいに能動的な行為はキツい。

「だいたい話しかけて訴えられたらどうすんだ」

「どんな話題の切り出し方したら初手で訴えられるのよ」

　えっと、ほぼ初対面の女子相手に切り出せる話題となると……。

「そうだな。『白峰の髪、いい匂《にお》いだな。シャンプーどこの？』って感じか」

「微妙に訴えられても仕方ない線をついてきたわね……」

　若干引いた目つきの花見辻が俺から逃げるように体を引く。おい、地味に傷つくからやめろ。まあ変なこと言った俺が悪いんだけど。

「それは置いといて、ぼっち脱却の足掛かりに白峰を使うとかごめんだ。なんか悪いし、白峰にも避けられたらいよいよ学生生活にも支障が出る」

「真白が避けるのは確実に七村くんに非があると思うけど……。まあいいわ。じゃあ男子ならいいの？　えっと、一年A組の男子っていうと、確か野球部の久野くんとかいるんじゃない？三年の時も同じクラスだったでしょ」

「三年でどうだったかは覚えてないが、確かに今のクラスに久野って奴はいるな。ウェイウェイしててうるさい」

「ウェイウェイしてるってどういう意味よ」

久野といえば入学式当日にウンコを踏んだ奴だ。クラスではサッカー部やバレー部の男子連中とウェイウェイはしゃいでいる。もちろん陽の民である。

あのグループ、うるさくて苦手なんだよな……視界に入ってないのに存在を主張してくる感じが特に。ぼっちなんて視界に入ってても存在に気づかれないのに。

「ああいう陽キャは苦手だ、波長が合わん」

「確かに七村くんと波長が合う人間はそうそういないと思うけど」

「アイツに『友達になってくれませんか』と話しかけるくらいなら舌を噛み切る」

「そこまで⁉　ううん、じゃあ……二年で同じだった田代《たしろ》くんって男子は？　アニメとか好きそうな感じだったし、七村くんとも趣味が合いそう」

田代はメガネをかけた神経質そうな男子で、クラスのオタクグループに属している。

「あいつには前回の時に話しかけたことがある。確かに趣味が合いそうだったしな」

「へー。だったら今回こそ友達になればいいじゃない」

身を乗り出してくる花見辻に首を振る。目の付け所は悪くないが、田代と俺の間には大きな断絶がある。

「無理だな。あいつはアニメの異世界転生モノ好きで、俺はラノベの現代ラブコメ好き。田代とつるんでる他の連中も似た感じで、話が弾まないんだよ」

「アニメやラノベが好きな時点で同じな気もするけど」

「オタクも一枚岩じゃねーんだよ」

世のオタクが全員ラノベを読んでるわけじゃない。大抵の奴はアニメやソシャゲがメインで、ラノベに手を出すとしてもアニメ化作品だけ。俺みたいに数巻で打ち切られるかもしれない新作ラノベまで読んでるのは少数派だ。

それに俺はあまりアニメを観《み》ないし流行《はや》ってるソシャゲもしていない。なんかソシャゲってキャラは可愛いんだけどゲーム部分がダルいんだよな。普通にストーリー読ませろよとか思っちゃう。ラノベや漫画ならページめくるだけで読めるから楽でいい。

田代からすれば「こいつ、どう見ても陰キャオタクのくせにアニメもソシャゲもわかんねえのかよ……」って感じだろう。

それでもなんとなく輪に入れたらよかったかもしれないが、田代たちはそれなりに選民思想や同調圧力が強いタイプだった。

グループ内で人気なアニメの話題を振られた俺が『ごめん、それ観てない』って言ったら鬼の首とったみたいに『いやいやそれありえねー！』『今期の覇権じゃん！』『観てなきゃオタクは名乗れねーわー』とか騒ぎ出すの。やってらんねえ。別に俺はオタクって名乗りたいわけじゃないし。

というわけで、前回の俺は田代たちのオタクグループとも仲良くなれなかった。

もう一度トライしたところで同じ結果になるのは目に見えている。

「とにかく俺は田代や同じグループの男子に話しかけるとか嫌だ。切腹した方がマシだ」

「いちいち嫌な喩《たと》えしないでくれる？」

はあ、と花見辻がため息をつき、疲れた様子でストローに口をつける。

「じゃあ最初の予定通り、真白に話しかけてみるってことで。頑張ってね」

「おう、任せとけ。……ん？」

あれれ？　おっかしいなー。いつの間にか白峰に話しかけることが決定事項になっている！

一体なぜ？　確か最初は白峰に話しかける案を俺が拒絶して、じゃあ男子にするかという話になって、男子は嫌だと拒絶して……おのれ孔明《こうめい》の罠《わな》か。

「時期はいつにする？　こういうのって逃げ道をふさ……計画を立てておかないと、つい先延ばしにしがちだから」

「いま『逃げ道をふさがないと』って言いかけたよな？」

「はいはい、話を脱線させないで。さっさと予定を決めましょう」

完全に話しかけること前提で話が進んでいる！　花見辻の強引な話術に震撼した。

こいつ、高い壺や絵画を売りつける才能があるのかもしれない。なんなら俺が被害者一号になりかねん。

「善は急げって言うし、明日にでも話しかけましょう」

「これが善かどうかは議論の余地があるけどな。まあ、話しかけるんなら時間の余裕的に考えて昼休み、って感じか」

「ふうん、勇者ね」

「え？」

「別に、あなたがいいならそれでいいわ。じゃあ明日の昼休みにしましょうか。私もそれとなくA組の様子を見に行くから」

花見辻がくすりと笑い、俺の前で満足げに腕を組んだ。

釈然としない思いでコーラに口をつけると、ちょうど中身がなくなったところだった。お代わりを取ってこようと席を立つと、花見辻が空のグラスを差し出してきた。

「わたし、アイスティーね。氷なしでお願い」

「おい、ナチュラルにパシるな」

翌日。近所の動物園からゾウでもキリンでも脱走して全てめちゃくちゃにしてほしいという俺の願いも叶《かな》わず、あっという間に昼休みになる。叶ってたらそれはそれで困るが。

今日はさすがに食欲もなく、普段なら五分で平らげるコンビニのサンドイッチに十分かかった。いや、ぼっち飯だから味気ないとかそういうのじゃないから。

静かに席を立ち、悲壮な決意を込めた目で白峰を探す。

黒板の左側、窓際の一角に白峰は座っていた。だが、その周囲には机を寄せて数人の女子が集まり、楽しそうに談笑している。

当たり前だ。だって昼休みだし。

四月も後半になってクラス内でもグループが固定され、昼飯時は小島のようなグループがそこかしこに形成されている。堂々とぼっち飯してるのなんて俺くらいだ。昼飯食ってるだけでメンタル鍛えられるとかお得だな。

しかし困ったことになった。友達と仲良さそうにご飯食べてる白峰に突撃するのは難易度が高すぎる。絶対「え、なにこの人……」みたいな目で見られるやつじゃん。俺が変な風に思われるだけならまだしも、白峰の迷惑になるのは気が引ける。

そもそもなんで昼休みにしたんだよ俺！　普通は昼休みって友達と過ごすだろ！　話しかけ

辛いことこの上ねえよ！

いや、理由はわかってる。ぼっちだから昼休みは友達と過ごすって発想自体が浮かばず、「まー昼休みなら時間もあるし話しかけやすいだろ」としか考えてなかった。シンプルにバカ。っていうか俺は仕方ないとして、花見辻のやつは絶対に気づいてただろ。

あいつ、面白がってなにも言わなかったな……。

いや待てよ。話しかけたけどダメでしたー、って報告してもバレなくね？　だよな、別にバカ正直に話しかける必要ないよな。だって俺、特に友達欲しいとか思ってないし。

そう思ったら急に気が楽になった。なんだよ、別に思い悩むことじゃなかったな。

はーバカバカしい、自販機でジュースでも買って来ようかな。そう思って廊下に歩きかけると、廊下から一人の女子がギンッと睨みつけてくる。

花見辻だった。

目線で猛烈に「こら、逃げるんじゃないわよ」と訴えてくる。怖い怖い、ちょっとガン飛ばしてるみたいになってるから目力抑えて！

なぜこいつがA組の前にいる？　俺と知り合いだと知られたらどうすんだ……なんて心配が頭をよぎったが、よく見たら花見辻の隣にはA組の女子がいた。なにやらおしゃべりしているらしい。

そういえば花見辻、同じ中学の女子がA組にいるとか言ってたな。顔が広いと意外なところで役に立つってことか。

退路をふさがれた俺は、渋々ながら白峰に話しかけることにした。前門の白峰、後門の花見辻。ぶっちゃけ嫌だけど仕方ない。これはアレか、負けイベント経験しないと先に進めないタイプの流れだな。

おそるおそる近づくと、白峰もこちらに気づいたらしい。ストレートの黒髪をわずかに揺らし、化粧っ気は薄いが十分に整った顔をわずかに傾けた。綺麗な瞳に引き締まった口元は、なんか女子からモテそうって雰囲気。

「えっと、白峰?」

「ああ、七村くん。なにか用事かな」

理知的で落ち着いた声音はいかにも白峰の容姿に似つかわしく、思わず感心する……なんてことを考えている場合じゃない。

えーっと、雑談の話題ね、はいはい。

……ぼっちにそんな持ち合わせはないってことに今さら気づいた。ど、どうする？　背中に汗をかきながら全力で脳を回転させ、なんとか言葉をひねり出す。

「え、えーっと……お忙しいところ申し訳ありません、少々よろしいでしょうか」

「別に忙しくはないけど。というかなぜビジネスメール風なんだ」

「あ！　午後の移動教室って、場所どこかなーって」

「いま明らかに無理やり用件をひねり出したよね。『あ！』って言っちゃってるじゃないか……

それはともかく、午後に移動教室がある科目はないけど」

「あ、なるほどー、そいつは一本取られた」

「私はなにも取ってないよ。君は一体なにを取られたんだ……用件はこれだけかい？」

「あ、はい、あざっす、お疲れっす」

「なんで運動部の後輩っぽい口調になってるんだ」

白峰とその友人たちから怪訝な視線を向けられつつ、俺はすごすごと退散した。

ふーっ、俺にしては上出来だったな。親愛度爆上がりだろ。

満足感に打ち震えていると、ブルッとスマホが振動した。

『特別棟五階の廊下　今すぐ来なさい』

簡潔極まりない命令文。差出人は言うまでもない。

ギギギ、と油の切れた機械みたいに首を回して廊下を見ると、ニコリと笑みをたたえた花見
辻が俺を一瞥《いちべつ》し、階段の方に歩いていくところだった。

あんなに怖い笑顔、生まれて初めて見た。行きたくねえ……！

「呼ばれた理由、わかってるわね？」

「昨日も似たようなこと言われた気がするな。ひょっとしてまたタイムリープしてる？」

適当にはぐらかしたら、ダンッ、と花見辻が俺の横の壁に手を着いた。おお、壁ドン！　まさか俺がされる側になるとは……なんて思ったが、する側よりされる側の方が可能性は高いかもな。俺が女子に壁ドンしようものなら訴えられそうだし。

「な〜な〜む〜ら〜く〜ん？」

「はい、はい！　さっきの反省会ですねわかります」

「まさかとは思うけど、さっきので『俺は頑張ったな』とか思ってないわよね？」

そこそこ思ってたんだがこの雰囲気で「はい」とか言えねえ。

「いや、確かにアレは俺でもちょっと不甲斐《ふがい》ないかなーと思わんでもなかった……でも花見辻さん、ちょっと言い訳させてくれません？」

「聞こうじゃないの」

「そもそも『友達になりたいから話しかける』という動機が不純だ。友達ってのはもっとこう、お互いのフィーリングってのを大事にだな」

「ぼっちが友達とはなにかを説くというギャグ？」

「ギャグじゃねえよ！　まあ確かにこの路線は俺に分が悪いから撤回する。えーっと、そう、俺には友達よりも大切なものがあるからな。高校生活の貴重な時間を友達作りに費やすわけにはいかないんだよ」

「友達よりも大切なものってなに？　そもそも友達いたこともないのにどの口が言うのよ」

「話が進まないからそこは多めに見てくださいお願いします！　……まあなんだ、俺はこう、大局的な視線で人生を見据えてるんだ」

「大局的ってなによ」

「そりゃもちろん小説家になってだな……あ」

やべ、口が滑った。途端に興味深そうに目を光らせた花見辻が聞いてくる。

「へー、あなた小説書いてるのね」

「う……あ、ああ……まあそうだな」

「なるほど、そういう趣味があったのね」

花見辻はあごに手を当て、わずかに口元を緩ませている。

「おい、笑うな」

「別に馬鹿《ばか》にしてるわけじゃないわよ。ただ、七村くんが小説を書いてること、前回は知らなかったなあと思っただけ」

「は？　まあ、話したことすらなかったからな……そりゃ知らんだろ」

言ってる意味がわからんが、なんだか花見辻は嬉しそうに微笑んでいる。

どういう反応だよこれ。まさか弱みを握ったとか思ってるのか？

「言っておくがそのネタで俺を強請《ゆす》ろうとしても無駄だぞ。そもそも誰も俺の秘密とか知りたがってないからな。たとえバラしたところで『七村って誰?』ってなるだけだから」

「それ、自分で言ってて悲しくならないわけ?　それに強請る気とかないから」

先んじて釘《くぎ》をさしておくと、花見辻がげんなりした顔で眉をしかめた。

「それはともかく、さっきの会話はなに?　私とは普通に話せるのに、なんで真白が相手だとロクにしゃべれないのよ」

「話す理由とか動機があれば俺だって普通に会話できるんだよ。花見辻とはなんつーか、こっちに来て最初に会った時点でめんどくさいハードルとか超えちゃったからな」

いきなり三年前の世界に飛ばされて、廊下で泣きながら腕を摑まれて、事故に遭ったあとの顚末《てんまつ》を聞かされて。

これでまだ慣れなかったら逆におかしい。

まだ納得していない様子の花見辻がため息をつき、ビシッと指を突き付ける。

「まったく……今日のところは仕方ないけど。まだ諦めてないから!　今後もぼっち脱却に向けて頑張ること!」

「いや、俺は頑張りたくないんだが……」

なぜかやる気満々の花見辻に、俺は小さくため息をついた。

◆

白峰とお友達になろう大作戦があっさり失敗した数日後。

絶賛クラスで孤立中の俺は昼休みも相変わらずのぼっち飯で、ものの数分で昼飯の総菜パンを食べ終えた。クラスの連中は友達と話しながら昼飯を食べているが、ぼっちは話し相手がいないから速攻で食べ終えてしまうのだ。

まだ時間もあることだし、今日は図書室へ行くことにした。

俺はラノベだけでなく一般小説も読むが、一般小説は図書室で借りることが多い。

東谷高校の図書室は入って右手に貸出・返却カウンターがあり、手前の部屋が閲覧室、奥が書庫となっている。閲覧室には文庫や新書が並んだ本棚に加え、長机と椅子が並んでいる。

やっぱり図書室はいいな、と思う。

人が少ないから落ち着くし、他の利用者もほぼ一人で来ているからぼっちでも引け目を感じることがない。ぼっちにとってのセーフティゾーンだ。

適当な本棚の裏側に回り込み、しばらくタイトルを流し見する。名前は聞いたことあるけど読んだことがない文庫本を数冊選び、本棚の表に回ろうとしたその時。

本棚の裏からは死角になる受付カウンターに見慣れた姿を見つけ、俺は慌てて身を隠した。

な、なぜ花見辻がここにいる⁉

仕方なく俺は本を物色するフリをして、花見辻が出ていくのを待つことにした。隠れる理由はないのだが、校内で花見辻と鉢合わせるのはなんか気まずい。

受付の女子と花見辻は友達のようで、気安い雰囲気で話している。

「ごめーん空、超助かる！」

「仕方ないからさっさと片づけるわよ」

「うん！」

静かな図書室では小さな声もよく聞こえる。ドサッ、バタンという物音も聞こえてきた。二人は本の整理でもしているらしい。

花見辻のやつ、図書委員だったのか？　そんな話は聞いてないけどな。

なんて思っていると、扉を開くガチャッ、という音に続いて「あらあ、ご苦労様」という司書の先生の声。司書室はカウンターの後ろにあり、図書室の中から行き来できる。

「あれ、二年の岡田《おかだ》君は来てないの？」

「はい。なんか休んでるみたいで……でもクラスの友達が来てくれました」

「あ、どうも。一年F組の花見辻です」

「あらあ、そうなの。本当にありがとう、助かるわあ」

二人は蔵書の整理をしているらしい。花見辻は図書委員じゃないらしいが、相方がおらず困っていた友達に呼ばれて助っ人《すけと》に来たようだ。

「本当にごめんねー、空も昼休みなのに」

「だからいいってば。あなたが悪いわけじゃないでしょう」

「うおー！　空好きー！」

「ちょっと抱き着かないでよ、もう」

二人がいちゃいちゃしてる雰囲気が声と音だけでも伝わってくる。ますます出て行きづらくなってしまった。図書室では静かにしろ。

それにしても花見辻の奴、友達に対しては普通にいい奴だな。俺の前では直球な物言いが多いのだが、誰に対してもそうってわけじゃないらしい。友達が多い奴ってそこら辺のバランス感覚がいいのかもしれない。俺にもその優しさをくれよ。

「あ。その本、こっちに貸して」

「はい。ホント助かるよー」

二人はあれこれと会話しながら整理を続けている。仕方なく俺は手に持った文庫本を開き、花見辻が出ていくまで暇をつ潰すことにした。

文庫本の細かい文字を追いながら、俺と花見辻とはつくづく立場も価値観も違うな、と心の中で呟いた。バンドだったら音楽性の違いで解散してるだろう。

「おう、早いな」

次の月曜日。俺が花見辻との待ち合わせ場所になったファミレスに入ると、すでに花見辻はボックス席に腰かけていた。

「友達はできた？」

「開口一番それかよ」

盛大なため息を吐いて花見辻の斜め向かいに座る。人の真正面に座るのはなんとなく慣れない。つい対角線に陣取ってしまうぼっちの悲しい性だ。

「俺にそう簡単に友達ができるんだったら、世界は戦争や貧困に苦しんでない」

「全然関係ないでしょ。なんで壮大な問題ぶってるのよ」

呆れた様子で花見辻がグラスに口をつけ、ん、とメニュー表を差し出してくる。

俺は手を振ってそれを遮《さえぎ》り、通りかかった店員さんにドリンクバーを頼んだ。毎度これだけで粘ってすみませんね。

ドリンクバーでコーラを注《そそ》いで戻ってくると、ふと先日のことを思い出した。

「そういえばお前、図書室でなにやってたの？」

「いきなりなんの話？」

「ほら、この前の昼休み、図書室で委員の手伝いしてただろ」

「あー、あれね。文化部が出してる部誌のバックナンバーを整理してたの。ファイルに綴じられてるものとかも多くて結構大変で……って、なんであなたがそれを知ってるわけ？」

「いや、たまたま図書室にいたんだよ」

「そうなの、気づかなかったわ」

「本棚の裏にいたからな」

「ストーカー？」

「違う。本を借りようとしたタイミングでお前が入ってきて、受付カウンターに行きづらかったんだよ。花見辻だって校内で俺と会うのは面倒だろ」

「別に知らない人のフリするだけだからいいけど」

「そりゃそうだが」

言ってることは正しいが、いざ目の前でガン無視されると少し傷ついたかもしれないな、と思う。ぼっちの心は繊細なのだ。

コーラに口をつけてから、あの時から気になってたことを聞いてみた。

「思ったんだけど、お前って俺と友達で対応違いすぎない？　俺にも優しくしていいんだぞ」

花見辻は小さく鼻を鳴らし、組んだ腕をテーブルにのせた。

「私がつい厳しいこと言っちゃうのは七村くんに原因があると思うんだけど？」

「なぜだ。こんな人畜無害の擬人化みたいな存在に」

「そういうの自分で言わないでしょ普通」

「自分が言わないと誰も言ってくれねえんだよ、ぼっちだから」

しかし心当たりがない。せいぜい友達作りの提案に消極的でＬＥＩＮを既読無視して顔を合わせれば意見がぶつかって口論することくらい？　あれ、だいぶ心当たりあったわ。

「そもそも友達には優しくするけど、七村くんは私の友達なわけ？」

言われてふと考える。俺と花見辻の関係……なんだ？

パッと一言では言い表せないが、少なくとも友達ではない。

「……違うな」

「でしょう。私、相手によって対応を変えるの」

「当人を前にしてよく言えるな」

「これも友達には言わないから大丈夫」

ふふん、と少し皮肉気に口元だけで笑う。話しぶりを聞けば俺が特別扱いされているようではあるが、単に見下されてるだけだと思う。

「まあ、俺からすれば相手によって態度を変えられるってのは少し羨《うらや》ましいな」

俺には無理な芸当だ。うまく嘘とか言えないし、ノリで適当に相槌打ったりできないし。

頬杖《ほおづえ》をついた花見辻はちょっと目を丸くして、ふーん、と興味深そうな視線を向けてくる。

「あなたに羨ましいって言われるとは思わなかった」

「別に俺は友達否定派ってわけじゃないからな。もし俺が花見辻みたいな性格してたら、きっと友達作ってたと思うし」

勘違いされそうだが、俺は友達付き合いを否定してはいない。日々を楽しむためだけの浅い友人関係も大いに結構。友達を作る才能に恵まれた人は友達を作ればいいと思う。

ただ、俺にはその才能がないというだけの話。

「友達作ろうっていうお前の提案も、俺とフィーリングがピッタリな相手が現われたら考えてやるよ」

「そうね、あなたにもきっと相性《あいしょう》の合う相手が……いる……可能性がある……いや、ないとは言い切れない……かもしれない……」

「いやそこは断言してほしかった」

そんなに現われそうにないのかよ。俺という存在が希少すぎるだろ。ワシントン条約で保護されるべきでは？

第二章 ぼっちに優しいギャルとか幻想なんだが？

家でゴロゴロしている間にゴールデンウィークも終わり、一学期の中間テストも済んだ五月半ば。ホームルームも終了したので帰ろうと立ち上がったところに、白峰《しらみね》が話しかけてきた。

「七村《ななむら》くん、ちょっといいかな」

教室で人から話しかけられるなんて俺《おれ》的には超レアなので、思わずビクッとした。

「な、なにか用か?」

「現文の課題プリント、まだ提出してないと思うんだけど」

「ああ、そういえばそんなのあったっけな……」

テスト後はどうも気が抜けて緩《ゆる》みがちになる。そもそも俺は推薦で大学を目指しているわけではないし、ぶっちゃけ内申はどうでもいいんだけど。進級に必要なのは出席日数と定期テストの成績だし、内申にしか関《かか》わらないような課題は出さなくても問題ないのだ。

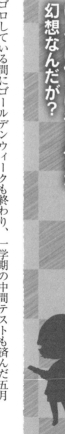

「全員分そろってないと、先生に提出する私が気まずいんだよ」

「なるほど、白峰も大変だな」

自分が叱《しか》られるだけなら放置してもよかったが、誰《だれ》かが割を喰《く》うのは気が引ける。ぼっちは誰かに借りを作っても返す当てがないからだ。仕方ない、さっさと終わらせて提出するか。

「悪い、少し待っててくれ」

カバンの中からプリントを取り出し、シャーペンでカリカリと文字を埋めていく。「授業で扱っている評論文について考えをまとめる」という課題だ。記述量はそれなりだが、あることないことひねり出すのはラノベの執筆で慣れているし、十分もせずに終わるだろう。

黙々とプリントを埋めているうちに、教室内の人影がまばらになっていく。

すると、頭上から白峰の声が降ってきた。

「ねえ、書きながらでいいんだけど」

「なんだ？」

「この前のテスト、総合点は何点だった？」

シャーペンの動きが止まる。親しくもないのに妙なことを聞いてくる奴《やつ》だな、と思って見上げると、思ってた以上に近くにいた白峰の胸が目に入る。お、大きい……身長が低めな分、余計に際立《きわだ》っている。

反射的に白峰の凶器から目を逸《そ》らした俺の反応をどう捉《とら》えたのか、白峰は弁明するように慌てて両手を振った。

「す、すまない。変なことを聞いてしまったね。ただ、ちょっと気になったから……」

ふむ、と少し考える。

なぜ白峰はこんなことを尋ねたのか。

友人同士でテストの点数を教え合う、という行為は珍しくもないだろう。だが、これまでほとんど会話したことのない俺にテストの点数を聞く意味が謎《なぞ》だ。まさか白峰は俺を友達だと思ってた、なんてことはあるまい。

……ああ、そういうことか。

「ひょっとして、白峰はクラス順位が二位だったのか」

「そ、そうだけど……どうしてわかったのさ?」

目を丸くしている白峰に、俺は頬杖《ほおづえ》をついて静かに答える。

「あてずっぽうだ。強いて言うなら、クラスで親しくもない俺に点数を聞いてきた理由が一つしか思い当たらなかった」

クラス順位で二十位の人間が親しくもないクラスメイトにテストの点を聞くなら、そいつはかなりの物好きだ。クラス全員の順位でも集計するつもりかよ。白峰はそこまで異様な好奇心の持ち主には見えない。

だが、順位がクラスでもかなり上位または下位ならば事情は変わってくる。

そいつが一、二人しかいない自分より上、あるいは下の相手を探そうとしても、そこまで不自然ではないだろう。

ウチの高校は曲がりなりにもそれなりの進学校で、そこら辺の中学では学年でも上位だった連中が集まっている。クラスでも特に上位の人間が誰か気になるのも理解できる。

そして白峰はA組でもかなり勉強ができる方だ。授業で先生に指名されたときも、いつもよどみなく解答している。

だから白峰は自分より下ではなく、上を探しているんだろうと思った。

「一位の奴を探してるんだろ。今回は一応、俺だ」

「ふーん……まさかとは思ったけど、七村くんが」

どうにも白峰の表情は硬い。信用されてないのだろうか。まあ、それほど真剣に授業を受けてるイメージもないだろうし無理もないか。

見栄張ってると勘繰られても嫌なので、朝のホームルームで配られた総合成績表を見せた。クラス順位は一位、学年順位は四位となっている。

「七村くんが成績優秀だったとは、少し驚いたな」

今度は素直に感心した声を漏《も》らす。

「たまたまだ。範囲も狭かったしな」

テストの点がよかったのは俺が三年後から戻ってきたからだ。それなのに学年四位はどうなんだって話だが、上には上がいるらしい。まあ、一人は心当たりがあるけど。

「ほい、プリント書き上がったぞ」

提出課題をひらりと揺らすと、白峰は我に返ったように成績表から視線を引き離した。丁重にプリントを受け取り、手に持っていたクリアファイルに入れる。

「確かに受け取ったよ。あと、テストの点数を教えてくれてありがとう。いい刺激になった」

「そりゃよかった、のか?」

ひらひらと手を振って、白峰はクリアファイルだけを持って教室を出ていった。そのまま職員室に行くらしい。

ふう、と息を吐いて俺も立ち上がる。白峰は見かけによらず負けず嫌いらしいな。もし俺がクラスで二位だったとしても、わざわざ誰かにテストの点を聞いたりしないだろう。

そういえば、と俺は考える。

前回の高校生活でここまで白峰と話した記憶はない。あっても事務的な会話だけだった。

自分から他人と関わろうとしなくても、たまたま誰かとの関係が生じることもあるらしい。

だからといって、面倒なことに変わりはないが。

っていうか、自分から話しかけた時はあんなにぎこちなかったのに、今日はかなり普通に話せたな。やっぱり「仲よくなろう」って目的意識を持って会話するのが、俺には致命的に向いていないようだ。

◆

その日の放課後、俺と花見辻《はなみつじ》はいつものファミレスで向かい合っていた。ぼっち脱却については進捗がないものの、あれ以来なんやかんやで月曜のファミレス会は続いている。行かないとあとが怖いし。

「で？　テストはどうだったの」

「バッチリだ。なんせこの前まで受験生だったんだからな」

「それはよかったわ。あなたのことだから、小説でも書いてロクに勉強しないんじゃないかと思ってたから」

「テストで赤点取る方がよっぽど面倒だろ。ぼっちが追試の教室に行くと、クラスの奴らが『あっ……コイツ友達いない上に勉強もできないんだな』って憐《あわれ》みの視線を向けてくるからな。アレ本当にキツいんだよ」

「明らかに前回の体験談じゃない……」

「花見辻も結構よかったみたいだな」

「そうね。前回だってクラスではいい方だったけど、今回は学年一位」

サラッと言ってのける花見辻。

まあ、驚くことではない。顔のいい人間が勉強もできるなんてありふれた不平等だ。格差社会を解消するためにも、政治家はぜひとも顔がいい奴に課税する公約を掲げてほしい。

お互いの点数を教え合ってみると、国語だけは俺が勝っていた。要するに、国語以外は花見辻の方が微妙に点数がよかった。

ってていうかコイツ、ほぼ満点に近い点数を取ってやがる。本気出し過ぎだろ。

「ふうん、あなたにしてはよく頑張った方ね」

「うるせえ。だいたい誤差みたいなもんだろ」

「でもその微差が積み重なって総合では余裕で私の方が上よ」

「細かいなお前」

こいつも白峰と同じで負けず嫌いなタイプらしい。ちょうどコーラを飲み干したのでドリンクバーに行こうと立ち上がると、花見辻が「ウーロン茶」と言って空のグラスを渡してきた。

「だからナチュラルにパシるなよ」

「テストの点数で勝ったんだからこれくらい別にいいでしょ」

「あと出しジャンケンだろ、それ」

文句を言いつつもグラスを持っていく俺。すっかり飼いならされた感があって悲しい。

コーラとウーロン茶のグラスを持ってテーブルに戻ると、ふと花見辻が言った。

「そういえばあなた、文芸部には入らないの？」

「文芸部？　ああ、今回は見学にも行かなかったな」

「今回は、ってことは前回は行ったのね」

「ああ。だけとアイツらとは趣味が合わん」

「小説を書くっていう趣味が合ってれば十分な気もするけど？　普通は小説を書いてる人なんてめったに遭遇しないじゃない」

確かに、文芸部は小説を共に書く仲間が欲しい人にとっては願ってもない場所だろう。

だが話はそう簡単じゃない。

「アイツらは純文志望だからな。ラノベ好きの俺とは合わないんだよ」

そう。俺も前回は「文芸部に入ってよき友人や先輩たちと高校生活を謳歌するぞ！」という甘っちょろい考えを持っていた。

しかし実際に見学して部誌を読ませてもらうと、難解な語彙とポエティックな文章、抽象的な会話の応酬ばかり。純文学っぽい文章を適当に継ぎはぎしてるだろ、っていうか某村上先生に影響受けすぎって感じだった。結局、半分も読まずに部誌は返却した。

おまけに先輩たちも「純文学や詩こそ至高、ラノベみたいなエンタメ至上主義はダサい」的な持論を語ってきたので参った。俺は一般小説も読むけどラノベも好きなんだが？

そんな前回の反省を踏まえて今回は見学しなかった。この選択は正しいと思う。

俺の話を聞いた花見辻は、ふうん、と興味なさそうに呟《つぶや》いてグラスを指ではじく。

「ということは七村くん、本当に学校で話す相手がいないわけね」

「いやいや、先生に当てられたら答えるぞ」

「それを会話に入れるのはどうなのよ」

呆《あき》れた顔で突っ込まれる。まあ、贔屓目《ひいきめ》に見てもかなり怪しいラインだよな。

「でもテストの結果がわかったあと、白峰が話しかけてきたな」

「へえ、真白《ましろ》が」

そう言って興味深そうな視線を向けてくる。そういえば、前回の高校生活では白峰と友達だったと言ってたな。花見辻も見かけによらず真面目《まじめ》な性格だし、気は合いそうだ。

「どんな話をしたの？」

ちょっとデリケートな話題かとも思ったが、花見辻は口も堅そうだし大丈夫だろう。テスト返却後、白峰が話しかけてきた件について簡潔に伝えた。

話を聞いた花見辻は、なるほどね、と腕組みをしてうなずく。

「確かに真白って負けず嫌いよね。それにお節介で他人の事情に踏み込もうとする感じ」

「けなしてるように聞こえるぞ」

「全部真白のいいところよ、たまに重いんだけど」

頬杖を突きながら花見辻がウーロン茶に口をつけた。俺が話している間にだいぶ飲んだのか、もうほとんど氷だけだ。

「真白はいい子だし、七村くんがぼっちでいることを気にして世話を焼いてくれるかもしれないわよ」

「そんな必要はない。俺は現状に満足してんだよ」

「ふーん、でもそろそろアレがあるでしょ」

「アレ？」

「どの学年でも一学期にちょっとした遠足があったじゃない。忘れたの？」

「ああ、そういえばあったような……」

東谷《ひがしだに》高校にはクラスごとに行く場所を決め、バスを貸し切って遠出をする行事が年に一回ある。よく覚えてないが、俺もどっかの山奥とか県内の離島とかに行ったはずだ。

「真白と同じクラスなら、県内の離島だったと思うわ。それで二年の時、今度は山がいいなって話をした記憶があるから」

「そんなことよく覚えてるな」

呆れ半分、感心半分で言うと、即座にジト目で言い返してきた。

「友達との会話って意外と覚えてるものよ。友達が少ないとピンと来ない？」

「少ないってかゼロだからな。わからん」

「強がるのはいいけど遠足の班決めは問題でしょ。このままだとあなた、班決めの時にすごく気まずい思いをすることになるわよ？」

「うぐ……それは確かに……」

遠足で行った先でぼっち行動することは特に問題ない。単独行動には慣れている。

だが、班決めの時は確実に俺の扱いで微妙な空気になるだろう。あの、俺を腫《は》れ物《もの》扱いしつつも「おい、誰か入れてやれよ」的なオーラをみんなが醸《かも》し出《だ》す時間はマジで慣れない。ぼっち行動よりもそっちの方がよっぽどキツい。

「ま、今のうちにショックを受ける覚悟でも決めておくことね」

「完全に俺が余る前提で話してやがる」

「今さら気を使ってもしょうがないでしょ」

花見辻はグラスをゆすってカラン、と氷を鳴らした。それもその通りだが、ちょっとくらい優しくしてくれてもバチは当たらないと思う。

◆

次の週末、地下鉄で三十分ほどの場所にある繁華街へ向かった。

俺は夏休みや冬休みなら一週間は余裕で引きこもれる、籠城戦に向いてるタイプのぼっちだ。しかし、ラノベとか同人誌の専門店にはときおり本を買いに行く。

別に近所の書店にラノベが置かれてないわけじゃないが、どうせだったら店舗特典なんかも集めたい。往復で六百円弱の交通費はそれなりに痛手だが、高校生の財力を持ってすればこれくらいはギリ許容範囲だ。

駅から延びる大通りを途中で折れて数分ほど歩くと、専門店が立ち並ぶ一角に出る。

至近距離に似たような店舗がいくつもあっていいんだろうか。でも店によって新刊の特典が違ったりするから、買う側としては徒歩圏内にまとまってるのは助かるんだよな。

事前にある程度の目星はつけているが、陳列棚で新刊を物色するのも楽しい。表紙に惹《ひ》かれて買った本が思わぬ当たりだった経験は少なくない。

「あ、これは前に読んだな」

見覚えのある表紙が目に入り、そんな声が漏れる。

このラノベは数日前に発売されたばかりだが、俺は発売されて即買って読んだわけではない。

前の高校生活で読んだのだ。

そう。俺はこれから発売されるラノベもいくつか読んでいる。来年アニメ化が発表される作品も知ってるし、有名ラノベが発売延期を繰り返して悪い意味で話題になることも知っている。

俺や花見辻が前回と違う行動をして連鎖的に未来が変わる可能性もゼロではないが、三年じゃそこまで変わらないだろう。

前に読んだ作品はスルーして、前回は読まなかった作品を買うべきか？　でも前回読んで面白《おもしろ》かった作品はまた読みたい。

財布の中身と眼前に広がる新刊たち、そして新刊ではないが魅力的な作品たちに囲まれ、やたら通路が狭い店内を放浪する。

ネット書店では味わえないこの時間が好きだ。

漫画のコーナーもながめてからラノベのコーナーに戻ってくると、こういうオタク系の店には似つかわしくない女性がいた。

女性なのが珍しいってわけではない。店舗によって客層が違うものの、どの店舗にも女性客はいる。だが、今回はその風貌《ふうぼう》が少し目立ち過ぎていた。

明るい金髪にカーキ色のキャスケットをかぶり、オープンショルダーのニットからのぞく肌が眩《まぶ》しい。ハイウエストのスカートにゴツゴツしたヒールの高い靴を合わせ、明らかに周囲の空気から浮きまくっていた。おまけにこの人、がっつりラノベを物色している。ラノベの棚をガン見するギャルっぽい女性、さすがに存在が異質すぎて怖い。

このままでは俺がラノベを物色できない。ただでさえ女性がいるとなんとなく距離を取ってしまうってのに。痴漢と間違われそうとか気にしてしまうのだ。

心の中でため息をついてチラッと女性の手元を見ると、見事にラブコメ系のラノベや漫画ばかりを持っていた。

すっげえ趣味が合いそうだな！　なんて思わずテンションが上がる。

だが待てよ俺。ラノベの好みが似ていたところで相手は女性だし陽《よう》キャっぽい雰囲気だし、どうせ会話の糸口があったところでまともに話せるわけがない。

ここは心の中で握手だけして、しばらく別の棚を見るとするか。

そう思った時、女性の体がこちらを向いた。慌てて顔を逸《そ》らそうとしたが、その前に女性が声を発した。

「げっ……」

明らかに嫌そうな声。人を見て「げっ」は少し酷《ひど》いんじゃないかと思うが仕方ない。俺だって知らないオタクにガン見されてたら怖い。

なんとか素知らぬふりをしてやり過ごそうと考えていると、女性がこっちに歩いてきた。

ただでさえ狭い通路だから、まるで追い詰められたような気になる。

「ちょっとアンタ。こっち来て」

めっちゃ低くドスの利《き》いた声で女性が言う。え、これカツアゲのパターン？　近くにいる金髪ピアスの怖い彼氏とか出てくるやつかよ。一体どこで選択肢をミスったんだやっぱり家から出るんじゃなかった通販って最高だな、なんて後悔がよぎる。

脳内ではさっそくカツアゲのシミュレーションが始まっている。「おい、金出せよてめえ。慰謝料だよ慰謝料」「ちょっとピョンピョンしてみろよ」って言われて小銭まで残らずむしり取られちゃうのか？　帰りに使う交通系ＩＣカードだけは残してほしいんだが。

無言の圧力を発する女性に連行され、人気のない通路で向かい合う。

が、依然として俺はまともに顔を上げられなかった。だって怖いし。

定!!

「言いたいことあるんじゃないの」

「ちょっとなんのことだか……誰かと勘違いしてません？」

俯《うつむ》いたまましどろもどろで弁解していると、チッ、と舌打ちされる。こっわ。

「七村、私のことジロジロ見てたじゃん」

「いやあその、見てたっていうか、偶然視界に入ったというかですね、本当に他意はなかったというか勘弁してほしいなっていうかマジで交通費は勘弁してくださいお願いします……って

あれ？　いま俺の名前を……？」

ちょっと待って。なんでこの人が俺の名前を知ってるんですか。カツアゲ相手の住所氏名電話番号くらいは調べ済みってことですか。いやそんなわけあるか。

半ばパニック状態で視線を上げると、キャスケットを目深《まぶか》にかぶった顔に引っ掛かるものがあった。

なんかこう、どことなく見覚えがあるような……？

「あ、星ケ崎《ほしがさき》」

「あ、ってなに。あ、って」

不機嫌そうに口を尖《とが》らせたのは、まぎれもなく同じクラスの星ケ崎だった。

学校とは髪型が違うし化粧も抑え目だが、言われてみればこんな声をしていた。

「もしかして気づいてなかった？　あーもう、だったら声かけなきゃよかったかな……」

「いやいや待て待て待て。なんでお前がここにいるんだよ」

バツが悪そうな顔になった星ヶ崎が、また舌打ちした。コイツといい坂戸《さかど》といい舌打ちしすぎだろ。流行《はや》ってんの？　しかし、今度はさっきより迫力がないように聞こえる。

「悪い？　七村も来てるじゃん」

「俺は見るからに来るタイプだからいいだろ。お前、そういうのが好きなわけ？」

星ヶ崎が持っている学園ラブコメ系のラノベを指さした。

だんだん星ヶ崎の顔が赤くなっていき、適当な陳列棚に本を置いてから言い返してくる。

「うっさいな、関係ないでしょ」

「前に俺が学校でラノベ読んでる時、『きもちわる』って言われた気がするんだが」

「あ、アレはしょうがないじゃん！　つい七村の読んでる作品が気になって目が行っちゃっただけ！　それでまあ、なにも言わないのもアレだし」

ちょっと恥ずかし気に答える星ヶ崎。

気持ちはわからんでもないが、数ある選択肢から「きもちわる」をチョイスするな。俺じゃなかったら傷ついてるところだったぞ。いや、俺もダメージくらったけど。

「まあ、星ヶ崎のグループはラノベとか読まなさそうだしな」

そもそも、ウチの高校自体にそれほどラノベ好きな奴がいない気がする。文芸部もアレだったし、クラスにもオタク連中はいるけどラノベ好きって感じではない。

　はーっ、と深いため息を吐いた星ヶ崎が、ちょいちょいと指で俺を招く。殴られやしないだろうな、といつでもスウェーで回避できるように警戒しつつ顔を近づけた。

「なんだよ」

「七村。わかってるよね？」

「わからん。ちゃんと言え」

「くっ……いい？　絶対このこと誰かに言わないで。わかった？」

「言う相手がいると思うか？」

　冗談めかしてそう答えると、苦々しい表情で星ヶ崎が肩を落とす。

「はあ……今日は厄日だ……」

「おい、それはこっちのセリフだ」

「なに言ってんのバカ、休日に私服の美少女から話しかけられるとかラブコメの主人公かって展開じゃん。もっと喜びなよ」

「無茶苦茶言うなお前！　俺の視点だとせっかくの休日にクラスで暴言吐いてきたギャルに絡《から》まれてる状況なんだよ。まんまラノベの不幸系主人公だぞ」

「七村、主人公面じゃないじゃん」

　地味に酷いこと言ってくる星ヶ崎。さっきお前が「ラブコメの主人公か」って言っただろ！　もう忘れたのかよ。

「とにかく、このことは言わないで。じゃあね」

そのまま離れようとした星ヶ崎の背中に声をかける。

「おい。本、忘れてるぞ」

近くの陳列棚に星ヶ崎が持っていたラノベや漫画が置かれていた。

「あっ」

「買わないんなら俺が戻しておくけど」

俺がちょっと気を利かせると、星ヶ崎は小さな声で答えた。

「いや……買うからいい」

「そうか」

「七村、学校で話しかけてきたらマジでぶっ飛ばすからね」

「へいへい」

最後に不穏な言葉を吐いて星ヶ崎はレジに向かっていった。ようやく平穏が訪れ、俺もラノべの物色に戻った。そうそう。ラノベを物色するときは静かでなきゃいかんのですよ。

星ヶ崎が買った作品を思い返す。うむ、悪くないラインナップだ。趣味が合いそうって感じ。「その作品は長期シリーズになるぞ」とか教えてやりたい。まあ、どうせ話さないし関係ないけどな。必然的に俺がレジに持っていったラノべも、星ヶ崎が買った作品と似たり寄ったりになってしまった。別にかぶせたわけじゃないんだが。

会計を済ませて自動ドアを出ると、初夏だというのに汗ばむような熱気に包まれる。数か月後の夏が憂鬱《ゆううつ》だ。

それにしても星ヶ崎がラノベ好きだとは驚いた。前回の高校生活ではこんなことは起きなかったはず。

もし、前回の高校生活でも同じことがあったのなら、ひょっとして星ヶ崎と俺がラノベ談義をする仲になる可能性もあったんだろうか。いや、まさかな。

星ヶ崎もクラスではラノベのことを隠したいだろう。わざわざ俺と話すわけがない。

そう考えてから、ふと妙な感覚に襲われた。

「ん？」

前回の高校生活で、俺は高校一年の十二か月間、星ヶ崎と同じクラスだった。星ヶ崎は見ての通りクラスでも目立つタイプ。直接的な接触はなかったにしろ、「目立つギャルがいた」みたいな印象が残っていてもおかしくない。

だが、俺の中にはあの風貌になんとなく見覚えがあること以外、ほとんど星ヶ崎の記憶がなかったのだ。

……なぜ？

「なあ、星ヶ崎って苗字《みょうじ》の女子、覚えてるか」

次の月曜日、ファミレスで花見辻に尋ねた。今日も俺たちはドリンクバーだけで粘っている。店内は空いてるし許してほしい。

花見辻はストローでトロピカルアイスティーを飲んでから、うーん、と首をひねる。

「星ヶ崎……？　変な苗字ね」

「花見辻も相当だろ、ラノベのキャラかよ……それはともかく星ヶ崎だ。金髪でギャルっぽい派手な顔立ちだし、容姿もウチの高校だとかなり目立つ方だ。なにか覚えてないか」

「さあ、ちょっと記憶にないわね」

「そうか」

腕を組んで考え込んだ俺に、花見辻が怪訝《けげん》そうな視線を向けてくる。

「どうしたの？」

「いや、ちょっとな」

「惚《ほ》れた？」

「んなわけあるか。面と向かって『ぶっ飛ばす』とか言われたんだぞ」

「どういう状況よ」

俺が知りたい。とにかく俺はもっとこう、おしとやかというか控えめな感じの女子が好きなのだ。ラノベでもそういうヒロインがたまに見せる弱みや主人公に気を許してる雰囲気にグッと来るタイプ。別にツンデレ系も嫌いじゃないけど。

「妙なんだよ。俺が星ヶ崎のことを覚えてないのはいいとして」

「一年で同じクラスだったのにその言い草はどうなのよ」

「ほっとけ」

今はぼっちでも気にならないが、前回の高一だったころの俺はまだ若かった。

当時は休み時間になるたびに席を立ち、わざわざ教室から離れた特別棟のトイレに行って時間を潰していた。

昼休みも似たようなもので、さすがに便所飯をしたことはないが、購買のパンと自販機で買ったジュースを手にして人気のない階段や空き教室を探して食べていた。なんかこう書くとラノベ主人公っぽいな。まあヒロインとか現れなかったんですけどね。

そんなわけだから、俺は高一のクラスに関する記憶が特に薄い。黒歴史なんかも完璧《かんぺき》に消えてくれたらもっとよかったのに、そういうのに限って覚えている。なんで？

「そんなことより星ヶ崎の話だ。花見辻は交友関係も広そうだし、他のクラスでも目立つ奴がいたら話くらいは入ってくるだろ。星ヶ崎は目を引く容姿だし、クラスでもカースト上位だ。それなのに花見辻が星ヶ崎についてなにも知らないってのは、少しおかしい」

「まあ、あなたの言うこともわかるけど……」

花見辻も黙り込んだが、お互いになにも言い出すことなく時間が過ぎた。

正直に言えば、一つだけ星ヶ崎について思い出せる光景がある。

クラスメイトがいない教室で、一人ぽつんと椅子に座る星ヶ崎の背中。

これがどういうタイミングだったのか、なぜ星ヶ崎の友人たちが周囲にいなかったのか、そういう細部は思い出せない。なぜこの光景を覚えているのかもわからん。

美少女ゲームの一枚絵みたいなシーンだし、俺が脳内で捏造《ねつぞう》した光景かもしれないな、と思ってぞっとする。青春の思い出を捏造で補完するとかいよいよ限界だろ。誰か助けてくれ。

秒針が二回りほどしたころにグラスを持って立ち上がった。

「まあ、特に理由はないのかもしれん。変なこと言って悪かったな」

「それじゃあ私、甘くない炭酸水ね」

「お前に自分でドリンク取りに行く発想がないの、貴族の生まれとかそういう理由？　俺がおいそれと口きいたらダメな階級の人だったりする？」

渋々、グラスを二個持ってドリンクバーに向かう。

コーラのボタンを押し、半分くらいまで注《そそ》いだところでいったん指を離す。一気に入れると泡があふれるのだ。

シュワシュワ弾けながらしぼんでいく泡を見つめていたその時。

すっかり忘れていた前回の記憶が不意に蘇《よみがえ》った。

三年前、俺が一回目の高一だった時のおぼろげな記憶。

「そうか……」

思わず呟いた言葉で我に返り、追加のコーラを注ぐ。できれば杞憂《きゆう》であってほしい仮説ではあるが、思い出した端からおぼろげな記憶は形となっていく。

なるほど。これなら俺も花見辻も、星ヶ崎を覚えていないはずだ。

この記憶に沿った出来事が今回も起こるなら。

俺と星ヶ崎がラノベ談義をする未来は、きっと来ないだろう。

◆

翌日の始業前。ホームルーム後の騒がしい教室で相変わらず話し相手もいない俺は、教室の後ろで騒いでいる坂戸のことを見ていた。

ラノベ読んでないと思ったら女子見てんのかよとか言わないでほしい。これにはやんごとなき理由がある。

坂戸たちのグループはいつも通り、数人で固まってわいわい騒いでいた。星ヶ崎たちほどではないがクラスでも陽キャ寄りの女子グループで、なんだかんだそれなりの運動部男子とくっついたり離れたりする印象。端的に言えばクラスの二番手グループだ。

よく休み時間にスマホで動画とか撮ってるんだがアレめっちゃうるさいし、背景に俺が映り込んでるんじゃないかとヒヤヒヤするからやめてほしい。ＳＮＳなんかにアップして『ていうか後ろの奴キモくて草』みたいなコメントついてたら泣く。

するると、急にこっちを振り返った坂戸と目が合った。

げ、やっべえ。ちょっとガン見しすぎたか。視線を逸らそうと思ったが、完全に目が合っちゃったし今さら遅いと開き直った。

視線を合わせ続けていると、坂戸がすげー嫌そうな顔をして友達になんか言って、不機嫌オーラを発しながら近づいてきた。目が合うとこっち来るとかポ○モントレーナーかよ。

まあ、その方が好都合だ。聞きたいこともあるしな。

不機嫌さを隠しもしない坂戸が机の横に立ち、周囲に聞こえない程度の声で言う。

「なんでこっち見てくんのキモいんだけどマジやめて」

なに、俺って人のこと見ちゃいけないの？　実はメデューサなの？　とか言いそうになったがこらえた。

せめて聞きたいことくらいは穏便に聞き出そう。

「いや、大したことじゃないんだけど一つ聞いていいか？」

「は？　なに」

「坂戸ってさ、星ヶ崎と仲いいの？」

即答はしなかったものの、一瞬だけめちゃくちゃ眉間にしわが寄った。

はいオーケー、なにも言われなくても完全に理解できた、絶対こいつら仲悪いわ。舌打ちの幻聴まで聞こえたもん。

「……別に普通だけど」

表情をニュートラルに戻した坂戸が呟く。

「本当か？」

「うっせーな普通って言ってんじゃん。なんか文句あんの？」

「いや別に」

なるほど、親しくもない俺に本音は言わないか。星ヶ崎ってたぶん友達パワー的に坂戸より上位っぽいし言いづらいこともあるだろう。

坂戸が星ヶ崎に抱く感情はわかったし用件は終わった。

でもまあ、キモいと言われた分だけウザ絡みでもして憂さ晴らしするか。

「ちなみにその普通って、俺と坂戸くらいの仲って意味？」

「はあ？」

「普通にも色々あるよな。普通に好きとか、普通に嫌いとか」

「なにわけわかんないこと言ってんだよ。ってか普通にキモいしもう見てこないでよね」

そっかー、普通にキモかったかー。小声でまくしたてて坂戸は去っていく。友達に「なに話してたのー」と言われて「わからんけどなんかキモかったー」と答えていた。

先日から俺、女子にキモいって言われすぎじゃね？　なんかそういう系のお店にでも来ちゃったのかと思ったよ。そっち系の性癖の人ならお金払ってでも言われたいやつじゃん。

俺はそんな趣味ないから残念……いや残念ではないが。

ともあれ、さっき聞いた感触じゃ坂戸と星ヶ崎はマジで仲悪いっぽいな。星ヶ崎の方に聞いたわけじゃないから、一方的に坂戸が嫌ってるだけの可能性もあるけど。

教室の前方に目をやると、相変わらず星ヶ崎は女子グループの中で笑っていた。誰かのスマホをのぞき込んで動画でも見ているらしい。

ふと、休日に星ヶ崎と会った時のことが脳裏《のうり》をよぎった。

あの日は学校で話しかけてきたらぶっ飛ばすとか言われたけれど、それでもどことなく、学校での星ヶ崎よりは印象が柔らかかったように思う。場所が場所だし、俺に趣味を知られた弱みもあったんだろうか。

あのラノベのラインナップからするに、俺と星ヶ崎の趣味は合う。

なにかの歯車が違えば、二人でラノベ談義をする未来もあったかもしれない。

だが、前回の高校生活で起きたことが今回も起きるのだとすれば、しばらくすれば星ヶ崎はいなくなる。

そうなった時、自分がどういう感情を持つのか想像できなかった。

誰かと別れるには、まず相手と出会わなくてはならない。

俺と星ヶ崎はまだ、お別れできるほど知り合ってもいないのだ。

◆

『特別棟五階の廊下　すぐ来れる？』

『ラノベを読むのに忙しい』

『一般的にそれは暇っていうの』

『俺は一般人の枠に収まる器じゃないんだよな』

『バカなこと言わないで』

『マジな話？』

『星ヶ崎さんのことで話があるの』


昼休みにＬＥＩＮで呼び出されて特別棟五階に行くと、腕組みした花見辻が待っていた。なんで会う時はいつも少し偉そうなんだよ。マウンティングがはびこる現代社会の申し子？

「ファミレスで話してた星ヶ崎さんの件だけど」

「なんだ、前の高校生活での記憶でも思い出したか？」

「そうじゃないわ。星ヶ崎という苗字に心当たりはなかった。でも、一つ気になることを思い出したの」

ちょっとうつむいた花見辻の表情は暗く、ああ、きっとコイツも俺と同じ答えにたどりついたんだろうな、とわかってしまった。

先を促さない俺に苛立《いらだ》ったように、足でタン、タン、と床を鳴らす。

「高一の夏休み前、ウチの高校で不登校になった子がいるって話を聞いたわ」

「……まあ、人生いろいろあるからな」

「それも二人」

言葉を返さずにいると、花見辻はずいっと近づいてキツい目で見上げてくる。

「おぼろげな記憶だけど、確かその子たちがいたのはA組だった。そのうちの一人が星ヶ崎さんだったんじゃないの？」

さすがにこれ以上、はぐらかすのは無理だろうな。

「そうだ。星ヶ崎が不登校になったと考えると、あいつに関連した記憶がないことにも辻褄《つじつま》が合う」

「もう一人は？」

「坂戸っていう女子」

「星ヶ崎さんの友達？」

「違う。見た感じ星ヶ崎と仲がいいようには見えないけど、たまたま同じ時期に二人が不登校になるってのも考えづらい。なにかあったとは思うんだが……」

俺の言葉に少し考え込むような仕草を見せた花見辻が、今度は探るように問いかける。

「きっかけとか覚えてないわけ？」

「それらしい出来事は思い出せない。この時期にはもうぼっちだったしな。休み時間も昼休みも教室の外に出てたから、クラスでなにがあったのか知らないんだよ。男子とも女子とも話さないから情報も入ってこなかったし」

「役に立たないわね」

「うるせえ」

やり取りがひと段落した途端、お互いに黙り込む。俺たちの手に余る話題をどう扱ったらいいのかわからない。

「……どうにかできないかしら」

「待てよ。そもそも今回の高校生活で前回と同じことが起きるって保証もない。今のところ星ヶ崎も坂戸も不登校になる気配なんて微塵《みじん》もないしな」

「それは、そうかもしれないけど」

花見辻は釈然としない様子だが、起きるかどうかわからない問題に悩んでも仕方ない。

それに坂戸はもちろん、星ヶ崎だってどうなろうと俺の知ったことじゃない。俺とあいつは友達でもなく、大して口を利いたわけでもないのだ。

いや、ぼっち比では会話した方かもしれないが、「学校で話しかけたらぶっ飛ばす」とか言われたからな。むしろ会話しない方がよかっただろ。

「もしなにか起きたら、七村くんはどうするの？」

「どうするのって、いや、どうしようもないだろ。俺はただのぼっちだぞ」

「星ヶ崎さんと坂戸さんを助けたら友達になってくれるかもしれないわよ。よかったじゃない、ぼっち脱却ね」

「そんな上手《うま》くいくわけあるか」

「今のはつまらない冗談。忘れて」

小さく息を吐いて、重苦しい声で続けた。

「私は星ヶ崎さんも坂戸さんも知らないけど……それでも、二人が不登校になってもいいとは思えない」

俺に対して辛辣《しんらつ》なので忘れてたが、花見辻は優しい性格なんだよな。友達も多いし。なんで花見辻が悩むんだよ、お前は星ヶ崎と坂戸の顔も知らないだろ。そんなこと言っても意味はないのだろう。こいつに話したのは失敗だったかな、と思う。

「まあ、一応は同じクラスだし、しばらく気にしておく。俺に任せてどーんと構えてろ」

「……とてつもなく不安になるんだけど」

花見辻の言葉を聞き流し、「じゃあな」と言ってその場を離れた。

まったく、この俺を見くびらないでほしい。小学生のころはあまりの頼り甲斐《がい》から「学芸会の背景ボードに使う色紙を切る」という大役を一手に任された男だ。体のいい厄介払いだろという指摘は断固として無視する。

教室に戻ると、つい視線が星ヶ崎と坂戸を探してしまう。

星ヶ崎のグループは教室にいない。昼休みだし自販機でジュースでも買ってるんだろう。坂戸たちはいつものように教室の後ろで騒いでいた。

任せておけとは言ったものの、俺に策なんてない。タイムリープしてるとはいえ、俺にある特殊能力なんて面の皮の厚さくらいだしな。教室で堂々とラノベ読む以外で役に立ったことがない。

クラスの問題だし、委員長の白峰に話しておくかな……と思って視線を巡らすが見当たらない。まあ、話したところで信じてもらえるとも思えないし、白峰だって困るだろう。

これで俺にできる手はすべて打った、というかなにも手を打てずに終わった。俺にできることと少なすぎだろ。

仕方ない、予定通りラノベでも読むか。いやー、俺としても善処したいと思ったんですけどやれることがないからなー、残念だなー。

と、ラノベを机から取り出そうとしたその時。

不意に後方でガツンッ、という鈍い音、続いてドシャッという音が響いた。

「いったあー」

思わず振り向くと、坂戸が机の近くで脛《すね》を押さえてうずくまっていた。どうやらふざけていて椅子につまづいたらしい。

「陽菜《はるな》、大丈夫？」

「うん、死にそー」

「大丈夫そうじゃん」

「マジでビビッたわー」

「やっば、中身出ちゃった」

どうやら椅子に引っかけられていたリュックの口が開いていたようで、教科書やらノートやらが飛び出ていた。

わちゃー、とか言いながら坂戸が屈《かが》み込む。友人も手伝ってこぼれた中身を拾っている。

ってていうかあの席、星ヶ崎の席だったよな、と思って教室を見回す。まだ星ヶ崎の姿はなく、坂戸からすればラッキーだっただろう。

ったく、大きな音立てんなよビビらせやがって、と顔を戻そうとした時、坂戸が変な声を出した。

「んん？　ねえ見てよこれ」

「なに？　……うわー、なにこれクソうけるんだけど」

「うそうそ、これリュックから出てきたの？」

「やっぱ、えービビるんだけど」

うけるんだかビビるんだかどっちだよ、と思いながら坂戸の手元に視線を向ける。

坂戸が持っているのは文庫本らしい。それだけなら問題なかったのだが、表紙の派手な配色のイラストが目に入って俺は思わず息を呑《の》んだ。

思いっっっっきりラノベだった。

遠目だが、おそらく俺と会った日に買っていた新作だ。イチャ甘成分多めの学園ラブコメ。俺も前回の時に読んで面白かった記憶がある。

は？　なんであいつラノベ好きだってこと隠してるくせに学校にラノベ持ってきてんの？　バカか？　ひょっとしてアレか、あえて学校に持ってきたらマズいものを持ってきてスリルを楽しんでた的な？　んなわけあるか。

思考が混乱する中、坂戸たちはぱらぱらっとページをめくり、挿絵があるらしいシーンを指しては笑っている。

坂戸たちも当然、このラノベの持ち主が誰かということには気づいている。

嫌な予感がした。

「これやっぱさあ、星ヶ崎さんのだよね」

「リュックから出てきたもん。間違いないでしょ」

「うわー、引くわー」

「あの見た目でこんなん読んでるとかヤバすぎでしょ」

けらけらと笑い合う坂戸たちは、床にこぼれたリュックの中身を拾うことも忘れている。教室にいる他のクラスメイトたちも、どう反応したものかわからない、という雰囲気だ。

ガラリ、と教室の引き戸が開いた。

教室中の視線が集まった先に、星ヶ崎たちのグループがいた。

「どうしたのみんな?」

先頭にいる女子が怪訝《けげん》そうな顔で周囲を見回し、視線を坂戸たちのグループに向けた。坂戸はニヤニヤとした顔で、友人と小声でなにか話している。

やがて星ヶ崎も、床に落ちた自分のリュックに気づいた。

「ちょっと、それ私のなんだけど」

「あー、ごめーん星ヶ崎さーん。ちょっと椅子につまづいちゃってーえ」

やけに間延びした口調でふざける坂戸。星ヶ崎が二、三歩ほど詰め寄ったところで、バッと後ろ手に持っていたラノベを掲げた。

「あ……」

それを見た星ヶ崎の脚が止まる。この反応に気をよくしたのか、坂戸がくすくすと笑いながら話し出す。

「こぼれちゃったモノ拾ってたらさー、こんなの出てきちゃったんだよね。なにこれ」

「めっちゃウケるよね」

「あれじゃん、ラノベじゃん」

「星ヶ崎さん、超オタクじゃーん」

嘲笑《ちょうしょう》を隠しもしない坂戸たちに、星ヶ崎の視線が戸惑ったように揺れる。

「それは……違うから」

漏れた言葉はあまりにも頼りなく、坂戸たちは一層勢いづいてまくしたてた。

「はあー？　なにが違うんですかねー？　だってこれ、星ヶ崎さんのでしょ？」

「リュックから出てきたんだもん、嘘《うそ》とか止めときなって。バレるから」

「こんなの好きとか面白いとこあるよねー。ギャップ？　みたいなー」

「オタサーの姫じゃん！」

好き勝手に言いまくる坂戸たちに、部外者の俺もなんだかムカムカしてきた。

別に坂戸と星ヶ崎との争いに首を突っ込む気はないが、露骨な悪意を誰かに向けている様子は見ていて気持ちいいものではない。店主がバイトに怒鳴ってるラーメン屋で食べるラーメンの味がしないように、こんな状況じゃラノベも気分よく読めん。ラノベを馬鹿《ばか》にされると俺も攻撃されてる気がするし。

星ヶ崎は相変わらず歯切れが悪く、「いや……」とか「だから……」とか煮え切らないことしか言わない。

口下手にも程がある。そこで弱気になっちゃダメだろ。ここは無理にでも逆ギレして立場の違いとか威圧感とかで押し切るところだ。いつから陽キャやってんだよ。

だいたい星ヶ崎の友達はなんで黙ってるんだ？

そっちに視線を向けると、どいつもこいつも星ヶ崎から少し離れ、じっと言い争いを見つめている。グループの中心核らしい女子も、気だるげに腕を組んでいるだけだ。

そうだ、こいつらは同じグループではあるが、実際には出会ってからせいぜい一か月半。そんなに深い仲ってわけでもないのだ。面倒なことになったからひとまず静観する、という選択も自然かもしれない。

教室中の雰囲気が硬直し、ほぼ全員の視線が星ヶ崎と坂戸たちに向けられる。

「星ヶ崎さんさあ、これ読んでみてよ」

「え……」

「音読音読！　これもう声優じゃん！」

「おーそれいいじゃーん、動画撮っていい？」

ヒートアップする坂戸たちを見ていたら、不意に全部がつながった。

そういうことか、と頭の冷静な部分が納得する。

たぶん星ヶ崎が不登校になった原因はこれだ。

あるいは、これに類似した出来事。

オタク趣味が露呈して友達から避けられ、クラスでの居場所がなくなった。あの口下手さではこれをポジティブな笑いに変えることもできなかったんだろう。星ヶ崎はウンコを踏んで笑いにつなげられるタイプじゃない。

もちろん、今回も前回と全く同じ高校生活が繰り返されているわけではない。だが、星ヶ崎の迂闊《うかつ》さと坂戸の性格が変わらないなら、いずれこんな出来事が起きていた可能性は高い。

リュックをひっくり返したのも、憂さ晴らしの一環だった可能性もある。

俺は前回の高校生活で見た光景を思い出す。

クラスメイトのいない午後の日差《ひざ》しが射《さ》し込む教室で、一人ぼっちで椅子に座る星ヶ崎。

その後ろ姿は、やけに寂《さび》しそうで。

思い出した。あれは五月のちょうど今ごろ、移動教室の前の休み時間だった。うっかり前の授業で寝過ごした俺は誰にも起こされず、気がついたら教室に取り残されていたのだ。椅子に座ってうつむいたままの星ヶ崎と共に。

慌てて荷物をまとめて教室を出た時、まだ星ヶ崎は座ったままだった。

俺はその後ろ姿に声もかけず、その場を後にした。声をかける理由なんてなかった。

その姿が、前回の高校生活で見た最後の星ヶ崎の姿だ。それからしばらくして坂戸も不登校になったと記憶している。

三年前の俺は、なぜ星ヶ崎と坂戸が学校に来なくなったのか知らなかった。星ヶ崎が孤立したことくらいは気づいていたかもしれないが、そのうち、坂戸も含めて二人が不登校になったことも忘れた。

薄情だと言われるかもしれないが、ぼっちは他人と関わらないので情を持ちにくいのだ。

背中や手のひらに嫌な汗がにじむ。

まさか、今この瞬間が、星ヶ崎の人生を揺るがす転換点なのか？

坂戸を止めるべきか？

いや、俺がなにか言ったところでどうしようもない。

そもそもぼっちの俺が「そういうことは止めろ」なんて言っても誰が聞く？　ぼっちは気楽だが発言権はゼロに等しい。そもそも、これが無事に一件落着し、星ヶ崎がこれまで通りの生活に戻る可能性もある。

頭の中で言い訳を繰り返す間も、坂戸たちは楽しそうに星ヶ崎を追い詰めている。

「ちょっとー、なんか言ってくんないとわかんなーい」

「星ヶ崎さんは私たちのこと無視するんですかぁー？　ひっどー」

「………その、それは」

貝のように押し黙った星ヶ崎は完全にうつむいて、肩を小さく震わせる。

脳裏によぎったのは、アニメショップで顔を赤くしていた星ヶ崎、そして「不登校になってもいいとは思えない」と言った花見辻の姿。

ああくそ、なんで俺がこんなこと。

その思いはやはりぬぐえないし、状況を変えられる確信もない。

それでも、このまま黙って事の成り行きを見守って、後からああでもないこうでもないと訳知り顔に解釈を付け加えて。

それで最後に「俺は無力だった」なんて自己憐憫《れんびん》に浸るのはごめんだと思った。

人間関係を持たないぼっちはどこまで行っても自分本位だ。他人との関係に煩《わずら》わされることはなく、いつだって自分の気持ちがいちばん大事。だからこそ、自分で自分を許せなくなるのだけはダメだ。ぼっちには自分しかないのだ。

あれこれと理屈を並べ立ててようやく覚悟を決めた。

俺は、決して星ヶ崎のためではなく、完全に自己満足で行動する。

一つ深い息を吐き、勢いよく立ち上がった。椅子の背もたれが後ろの机に衝突し、
ガタンッ!!

と大きな音が鳴る。坂戸たち以外は静かな教室で、この音は驚くほどよく響いた。

クラスメイトの視線が一身に集まる。うっかり膝《ひざ》を机の裏にぶつけて地味に痛いのだが、それどころじゃない。

坂戸たちもそれ以外の連中も、みんながポカンとしている。今しかない。

「あ、あー!!　そのラノベ、俺のなんだが!!」

　音量調節を間違え、半ば絶叫になってしまう。つい勢いで坂戸の方を指差してしまい、文化祭の下手な演劇みたいになる。

　しん、と静まり返った教室。

「は?」

　坂戸の呆れた声が返ってきた。その後ろで星ヶ崎がぽかんと口を開けている。

「そのラノべ、俺のなんだがっ!!」

　再度絶叫。「なんで二度も言ったわけ?　しかも声がクソでかいの変わってないし」なんて脳内の冷静な部分がセルフツッコミしてくるが今は無視。

　とにかく教室中の視線は俺に集まっている。星ヶ崎も坂戸もさすがに面食らった様子でひとまず俺のターン。

　ここでひるむな。後はどうにでもなれって気持ちでまくし立てる。

「そ、それはアレだ……実はこの前、ラノベを読んでたら星ヶ崎に『きもちわる』と言われてしまったんだよな!　それで哀れなこいつはラノべのよさを知らんのだなと思った俺は、リュックにこっそりオススメのラノべを詰め込んでおいたってわけだ!　ふはははは!　それを読めば星ヶ崎もラノベの魅力に気づくだろうって寸法よ！」

咄嗟《とっさ》にあることないこと言いまくったせいで妙な説明口調になってしまった。小説を書く者の職業病ってやつ？　いやそんなわけないだろ全世界の小説家に謝れ。

坂戸はゆがめた顔を俺に向けて、低い声で尋ねてくる。

「えっと、な、七……えーっと、お前さ、マジで言ってんの？」

こいつ、俺の苗字がわかんなかったから「お前」呼びに変更しやがったな……まあいい。

「もちろんマジなのだが？　なんならそのラノベの内容を言ってやってもいい。ネタバレＯＫなら終盤の展開も言えるぞ」

これは本当だ。まあ読んだのは前回の高校生活だが。

堂々と言い張ったのが功を奏したのか、坂戸の自信も揺らぎ始めたらしい。ちょっと微妙な顔つきで、俺と星ヶ崎と手元のラノベを見比べている。

「えーっと、星ヶ崎さん、アイツの言ってること、本当？」

「ふふふ、星ヶ崎よ！　お前はラノベをバカにしていたようだがな、それを読んでラノベについて勉強するがいい！」

星ヶ崎が妙な返答をする前に叫ぶ。坂戸がめちゃくちゃ嫌そうな顔で見てくるが無視。

不安げな表情で俺を見る星ヶ崎に、目線で「話を合わせろ」と訴える。

お前、なんか泣きそうな顔してるけどな、泣きたいのは俺のほうだよ！　マジで腕組みしながらなに言ってんの俺？　誰か助けて！

「……そうだよ。それ、私のじゃない」

ぽつり、と星ヶ崎が呟くと場の空気が弛緩《しかん》した。なーんだ、勘違いかよ、って雰囲気。

「あ、そうなんだ」

坂戸も俺と星ヶ崎の間で何度か視線を往復させ、毒気が抜けた言葉を吐いた。ひとまず最悪の事態は避けられたらしい。

めでたしめでたし。あれ、予想以上に丸く収まったんじゃね？　ひょっとして俺、みんなのお悩みを解決する系の部活とか作った方がいいかも？

なんてことを思っていたのだが。

「キッモ……」

ガチでドン引きしてるトーンで星ヶ崎の友人が呟く。どうやら静観は止めたらしい。

「瑠璃《るり》、大丈夫？」

「う、うん……」

「アイツのことは気にしなくていいよ、瑠璃に近づいてきたら私らがぶっ飛ばすから」

あれ？　なんで俺がぶっ飛ばされる流れに？　と思ったけど考えたら当たり前だ。

いきなりラノベを女子のリュックに突っ込む男子、明らかにヤバすぎるだろ。

俺だってそんな奴はぶっ飛ばした方がいいと思う。っていうか星ヶ崎のグループ、男子をぶっ飛ばすの好きすぎだろ。武闘派なの？

「えーっと、あはは。星ヶ崎さん、なんかさっきはマジでごめんね？」

「いや、わかってくれたらいいけど……」

見ると、坂戸が星ヶ崎に謝罪していた。調子に乗りやすい性格なんだろうが、意外と素直なところもあるらしい。

「なんか、ちょっと面白くなっちゃったっていうか……いやホント、ちょっと言いすぎたっていうか……ごめん。よく考えたら星ヶ崎さんがこんなの読むわけないもんねー。あはは、もっと早く言ってよー私も勘違いしちゃったじゃーん」

最後は冗談めかして笑っていたが、坂戸の口調はぎこちなく、表情も晴れなかった。

その様子を見て腑《ふ》に落ちた。なるほど、坂戸が不登校になったのはそれか。

ともあれ星ヶ崎と坂戸の問題は収まった。それはいいのだが……。

「あいつヤバくない？」

「星ヶ崎さんかわいそー」

「なんかの罪になんないの？」

俺がクラス中から言いたい放題言われている！　それも直接罵倒《ばとう》してくるって感じではなく、遠巻きにこそこそと。

こ、心に来るなこれ……。

「いや、さすがにヤベーっしょ」

「超えていいラインのわからんオタクってこわ……」

クラスの隅の方ではオタクグループの田代《たしろ》たちもごちゃごちゃ言っていた。クソ、こういうときは正常ぶりやがって！　いや、あっちは友人もいるしある程度の協調性はあるわけで、俺と比べたら真人間かもしれん。俺が真人間からかけ離れすぎているだけという説もある。

折よく予鈴が鳴り、生徒たちも我に返ったように席へ戻り始めた。

坂戸に近づくと怯《おび》えた様子でラノベを差し出してきた。一秒でもこのヤバい奴と関わりたくないって強い意思を感じる。

星ヶ崎を探して視線を巡らすと、友達にがっちりガードされて自分の席に戻っていた。仲がよろしいことで。

勢いでもらってしまったラノベを返すのは、機会を見てってことでいいだろう。

とにかく今日はもう疲れた……早く帰って寝たい。

◆

「今日の帰り際、面白い話を聞いたわ」

「ほう」

放課後のファミレスは今日も客がまばらで、思わず経営を心配してしまう。俺はグラスに刺さったストローを指先でいじりながら言葉を待った。

「Ａ組の男子が女子のリュックにラノベを突っ込んだんですって。怖いわね」

「なるほど、それは怖いな」

「さらに女子のローファーを盗んだり女子トイレに侵入したり好き放題やってたそうよ」

「ものすごい尾ひれが付いてないか⁉」

「女子の名前は星ヶ崎、男子の名前は七村だって。……なにか弁明は？」

俺の目の前には、腕を組んでジロリと半目で睨《にら》んでくる花見辻。怖いのはお前だ。

星ヶ崎の一件があった日の放課後。俺はＬＥＩＮに入った『緊急招集をかけるわ』『ちゃんと説明してくれないと怒るわよ』という短い文章で、例のファミレスに呼び出された。文面でもう怒ってるだろ。

そういえば今日は水曜日だ。月曜日以外にファミレスに来るのは珍しい。曜日が違ったところで大して変わり映えもしないが。

「あれには事情があって仕方なかったんだよ」

当たり前だが、俺だってあんな針の筵《むしろ》になりたくはなかった。あの場を収めようと思いついたことを言ったらすげー気持ち悪い奴って感じになってしまっただけだ。

親しくもない異性が勝手にラノベをリュックに突っ込んでくるとか、俺だって事情を知らなければすげー気持ち悪いと思うに決まってるけど。

いやほんと、なんかの間違いで星ヶ崎に訴えられたりしないよな？　まだ職員室や生徒指導室への呼び出しはかかってないが、女子のリュックにラノベを突っ込んだ男として東谷高校の語り草になったら死んでも死に切れん。

「まあ、星ヶ崎さんが不登校になるかも、って話に関連してるんだろうとは思うけど」

「理解が早くて助かる」

「あなたが叶《かな》わぬ恋をして自爆特攻に出た可能性も八割くらいあると疑ってるわ」

「だいぶ疑われてるな！　そんなことしても嫌がらせにしかならんだろ！」

「愛と憎しみは紙一重ってことね」

「違《ちげ》えよ」

俺は星ヶ崎とオタク系の書店で会ったこと、そして星ヶ崎と坂戸の間に起きた騒動を話す。星ヶ崎のラノベ趣味は他人に言いたくなかったが、この場合は仕方ないだろう。俺の人生がかかっている。真剣に。

花見辻も誰かの秘密を言いふらすタイプではない。少々、いやかなり毒舌なタイプではあるが、真面目な性格ではあるのだ。

一通り話し終えると、花見辻は小さく息を吐いて肩をすくめた。

「なるほどね。ちなみにローファーと女子トイレの件については事実だと思っていいのね」

「よくねえよ！」

　当然だが俺は女子のローファーを盗んでないし女子トイレに入ったこともない。誰だよこれ噂《うわさ》に付け加えた奴！

「はあ。まあいいわ、下心から無理やり突っ込んでみたわけじゃないのね」

「その言い方、なんかちょっとアレだな……」

「え？」

　品のない冗談だと思ったが、当の花見辻はキョトンとしている。完全にうっかりかよ。

　だが花見辻も精神年齢で言えば大学一年生。そっち方面の知識がまるで皆無というわけではないようで、みるみるうちに顔が赤らんでいく。

「ば、バカッ！　変態！　すぐそういう想像するの、本当に信じられない」

「おい待て、想像したのはそっちもだろ。同罪だ」

「まったく、腹立つわね」

　花見辻はため息をついて、人差し指を俺の顔に突きつける。

「それより七村くんのことよ。ウチのクラスにもあなたがヤバい奴だって噂が届いてきてるんだけど」

「まあ、傍《はた》から見れば完全にヤバい奴だからな」

「まだ一学期が始まって半分くらいなのに、いきなり高校生活ハードモードに突入するってどういうつもり？」

「ああするしかなかったんだよ」

「完全にバカよね？　あなたは高校生活二回目なのよ⁉　普通は前回よりうまいことやるでしょ？　なんで前回より立場が悪くなるの？　前回だってぼっちだったのにそれより悪くなるって普通に有り得ないでしょ」

「返す言葉もないからもうちょっと優しくしてくれ。俺は傷心なんだ」

「だったらもう少し考えて行動しなさいよ……」

呆れた様子で飲み物に口をつけてから、花見辻がポツリとこぼした。

「このままじゃあなたの高校生活、むちゃくちゃじゃない」

「ほっとけ。別に俺は構わん」

「あなたがよくても私がよくないの」

「は？　どういう意味だよ」

「なんでもない。忘れて」

花見辻は深いため息をついて、ぐでっとテーブルに体を預けた。しばらく手元で呼び出しボタンをいじっていたが、意を決したようにグッとボタンを押す。ピンポン、とレジの方で音が鳴った。

「今日はなにか食べるわ。いつもドリンクバーだけじゃ悪いし」

「俺も注文しようかな」

メニュー表を取り出して眺めていると、花見辻が俺の顔を見つめてきた。

「……七村くん。星ヶ崎さんを助けてくれてありがとう」

「俺がやりたくてやっただけだ。花見辻が感謝することでもないだろ」

「私は口で心配だとか言いながら、結局なにもできなかったもの」

「それが普通だろ。お前はクラスも違うし星ヶ崎と知り合いでもない。俺だって見て見ぬフリして逃げる寸前だったしな。また同じ場面に遭遇しても同じ行動を取るとは限らん」

「それでも、確かに七村くんは星ヶ崎さんを助けたのよ。……私の時と同じように」

「……だったらなんだよ」

「私は、たぶん、あなたと……」

そこで言葉が途切れた。どうしたのかと思って花見辻の視線を追うと、ボタンで呼び出した店員が近づいてくるのが見えた。やべ、早く決めないと。

慌ててメニューに視線を落とすと、店員が小さな声を漏らした。

「あれ、ウソ……」

「ん？」

店員にしては妙な反応だと思って顔を上げる。

ウェーブのかかった金髪を後ろでまとめ、驚いたように口を開けている店員は星ヶ崎だった。

え、なんでお前が？

「七村、なんで？」

「いやいやそれ俺のセリフだから。なんでお前がいんの？」

「ここ、私のバイト先だし」

そういえば生徒手帳に「申請すればバイトOK」って書いてあった気がするが、実際にバイトしてる奴を見たのは初めてだ。少なくとも俺はしたことがない。精神が貴族なので労働に向いてないからな。

花見辻も「HOSHIGASAKI」と書かれた名札で気づいたらしい。

「ああ、あなたが星ヶ崎さんなのね」

感慨深そうに呟く花見辻に、戸惑った雰囲気の星ヶ崎。

「えっと……たしかF組の、花見辻さん？」

「知ってるのね」

「あ、うん。花見辻さん、可愛《かわい》いって有名だし」

全然クラスとか違うのに、やっぱり女子の間ではそういう情報って広まりやすいらしい。いや、俺の耳に入ってないだけで男子の間でも広まってるのかもしれんが。

「なんか照れるわね、それ」

可愛いと言われた当の本人はなんでもない風でにこりと笑いかけた。特に否定しないあたり

HOSHIGASAKI

が強キャラ感出てるな。

「いや本当に可愛いなー……ってそうだ、えっと、A組の星ヶ崎です。どうも」

きょとんとしていた星ヶ崎が慌てて自己紹介する。本屋で会った時よりさらに星ヶ崎の雰囲気が柔らかくなっている。やっぱりバイト中だから？

俺と花見辻の顔を見比べてから、星ヶ崎が首をかしげてぽつりと尋ねる。

「えっと、二人って付き合ってんの？」

「なっ……!!」

「そんなわけないだろ、誤解だ」

俺がそう言うと、変な声を出した花見辻もガクガクと壊れたロボットみたいにうなずく。

「そうよ。まさか私がこんなぼっちと付き合うとかそんなの有り得るわけないじゃない。ふふふ、ここまでの侮辱を受けたのは人生で初めてだわ……」

「おい、目の前に座ってる俺が現在進行形で侮辱されてるんだが」

「あー、あはは、違うっぽいね」

苦笑いを浮かべた星ヶ崎の顔を見て、俺はふと思い出す。

「そうだ星ヶ崎。成り行きでお前の本を持ってるんだけど」

「あ……ゴメン、さっきは本当に。その……私のせいで」

「気にするな。俺の自己満だ」

「うん。でも、本当にありがとう」

うつむいた星ヶ崎の頬《ほお》がほんのり色づいたように見えたのは、暖色で統一された照明の加減のせいだろう。ったく、そんじょそこらの男子高校生だったら勘違いしてたところだ。俺が慎重なぼっちで助かったな星ヶ崎よ。

俺たちのやりとりを見ていた花見辻が、メニューの背もたれでパタンとテーブルを叩《たた》いた。

「星ヶ崎さんはバイト、何時まで？」

「え？　今日のシフトは十九時だけど」

「じゃあそれまで私たちは待ってるから。そのあとに七村くんといろいろ話しなさい。長くなるでしょうし、バイト中にあれこれ話し込むのもマズいでしょう」

「あ、うん。ありがと」

「じゃあ本はその時に返す」

「うん。バイト終わったらすぐ着替えるから」

その後、花見辻と俺はフライドポテトやらパフェやらの注文を済ませ、奥に引っ込んでいく星ヶ崎の背中を見送った。

「気を使わせて悪かったな」

「別に気にしないで。目の前であんなやりとり見せられる方が困るから」

ミニパフェにスプーンを差し込んであっさりと答える。

確かに、目の前で知人が自分のよく知らない人間と話し込むと気まずいよな。

「でもいいのか？　お前まで星ヶ崎のバイト終わりを待つ義理はないだろ」

「だってあなた達、ほっといたら二言三言交わしてあの場で終わりそうだったじゃない。こういうのってちゃんと話しておくべきだと思うの」

私が星ヶ崎さんの事情を知ってることも言ったほうがいいわよ、と付け足す。

確かに、俺が独断で星ヶ崎の秘密をバラしたのは事実なのだ。これに関してはちゃんと謝っておこう。

「それにしても七村くん、ぼっちのくせに意外と優しいのね。さっきも星ヶ崎さんに『気にするな』って言ってたし」

「ぼっちのくせには余計だ。ってかなんだよ急に……まさか財布忘れた？」

いきなり俺をおだて始めるとか、パフェの代金おごらせようとしてるとしか考えられないんだけど。

「違うわよ。前回はそういう部分も知らなかったな、って思っただけ」

どこか遠くを見るような、それでいて嬉《うれ》しそうな花見辻の表情。前にも似たような言葉を聞いた気がするが、どこでだったか。

「そうだ、一つ聞きたいんだけど」

「なんだ？」

「今日は坂戸さんが星ヶ崎さんを追い詰める構図だったのよね」

「そうだな」

「だったらなぜ、坂戸さんも不登校になったのかしら？」

ああ、そのことか。確かに、今回の一件だけでは理由がわからないよな。

フライドポテトにケチャップをつけながら俺は答えた。

「坂戸の奴も、そんな根っからの悪人じゃないってこと」

「どういう意味？」

「考えてみろ。今回の一件の数日後に星ヶ崎が不登校になったとして、坂戸はどう思う？」

「……嫌いな相手がいなくなってせいせいした？」

「坂戸がマジの悪人ならそうかもな。でも、そこまでの奴ってそういないだろ」

俺がどうにか場を収めたというかぶち壊したあと、星ヶ崎に謝る坂戸が浮かべていた表情を思い出す。

あいつは多分、自分がしたことを後悔していた。

「坂戸は多分、『まさかこんなことになるなんて』と思ったんじゃないか。まさか星ヶ崎が不登校になるなんて予想してなかった。その結果、自分が大きな罪悪感を抱えるってことも」

坂戸が不登校になったのはおそらく、星ヶ崎を不登校に追いやった罪悪感からだ。ひょっとすると星ヶ崎が不登校になったことで、坂戸も白い目で見られるようになったのかもしれない。

なにか悪い出来事が起きたとき、人はその原因を求める。星ヶ崎が不登校になったのなら、その矛先は坂戸に向かうだろう。

大抵の人間はきっと、そんなに強い生き物じゃない。

星ヶ崎も坂戸も、一緒にはやし立てていた連中も。俺だってきっと。

話を聞いた花見辻が、疲れた表情でため息をついた。

「なるほど、ややこしいわね」

「同感だな。人間ってマジでめんどい……ぼっち最高という俺の理論が補強されたな」

人間関係はまるでピタゴラスイッチだ。今日だって、坂戸が星ヶ崎のことを追い詰めたら結果的に俺の好感度が急落したからな。どうしてこうなった。

「それにしても星ヶ崎さん、可愛い人だったわね」

「あ？　まあそうかもな」

「七村くんが下心から星ヶ崎さんを助けた説が濃厚になったわ」

「おい待てなんで俺の株が下がってんだよ」

星ヶ崎の顔がいいと俺の株が下がる、風が吹けば桶屋が儲《もう》かる的なシステムがあるらしかった。いや儲かってないけど。むしろ損しかないけど。

ぐだぐだと雑談したりスマホをいじったりして時間を潰《つぶ》し、ようやく七時を回った。

店内も混み始めてドリンクバーで粘るのが厳しくなってきたころ、バックヤードから学校の制服に着替えた星ヶ崎が現れた。

「ごめん、遅くなっちゃった」

「七時から十分も経《た》ってない。全然セーフだろ」

そう答えると、星ヶ崎がホッとしたように息を漏らす。これまでとは違う雰囲気に、胸のあたりがふわっとした気持ちになってしまう。

「どうする。場所、移動するか？」

「うーん、私はここで大丈夫。七村がよければ」

「俺は問題ない」

テーブルの横に立った星ヶ崎との会話がひと段落すると、花見辻が腰を浮かした。

「さてと。それじゃ七村くん、また月曜に」

「え、お前帰るの？」

「だって私がいたら邪魔でしょう。これ、私の分の代金ね」

と言って小銭数枚を置き、花見辻はファミレスを出ていった。

「勝手だな」

「なんか、カッコいい感じの人だったね」

星ヶ崎が呟く。確かに花見辻は整った顔立ちだし、口調はきっぱりしているし、カッコいいの部類に入るタイプだよな。少なくとも俺よりは。

「あーっと、さっきのことだけど」

「あ、うん、そうだよね……」

俺の向かいに腰かけた星ヶ崎が、もぞっと身をよじった。ソファ席に縮こまってテーブルに視線を落とし、口調もこれまでとだいぶ違う。変な緊張が伝染して、つい会話を先延ばしにしたくなる。

「まあ、なんだ。先にドリンクバーだけでも頼んどけよ。この席使うなら」

「だよね。うん、ボタン押すね」

「ああ」

すぐに店員がやってきて、星ヶ崎が注文を済ませるのを視界の端で確認する。店員と星ヶ崎は「学校の知り合い？」「はい、そんな感じです」なんて会話を交わしており、なんだか妙に居心地が悪い。

さっきまで花見辻と話していて間も空けずに次は星ヶ崎とかどうなってるんだよ。女子と会話した時間、今日だけで前回の高校三年間を優に超えている。軽くキャパオーバーだし帰りたいゲージが貯まってきた。

店員が去ったあと、意を決した様子で星ヶ崎が口を開いた。

「あの、さっきは本当に、ありがとうございました」

「勝手にやっただけだ。気にするなよ」

星ヶ崎に礼を言われる筋合いはない。俺は自分がやりたいようにやっただけだし、それに前回の俺は、星ヶ崎を助けられなかったのだ。

「それでも、ありがとう」

なおも頭を下げる星ヶ崎。ギャルのくせに義理堅いな。初対面の印象は最悪だったが、根は悪くないんだろう。

この「根は悪くない」ってやつ、俺みたいなぼっちは他人の根なんてどうせ見られないし、むしろ根は悪くていいから葉と茎だけでも取り繕ってくれよって思う。根が悪くても表面さえよければそれだけで評価爆上げなんだけど。

まあ、ぼっちからの評価が上がっても意味ないだろうが。

「でもさ、どうして助けてくれたの？　正直言って私、七村からすると嫌な奴だったと思うんだけど。坂戸に詰められてるの見て、いい気味だとか思わなかった？」

自覚はあるんだな……まあ、そう聞かれると少し困る。まさか放っておいたらお前が不登校になってた可能性があるとか言えないし。

「まーアレだ、あの場面でなにもしないとか俺の寝覚めが悪いだろ。せっかくの睡眠は大事にしたいタイプなんだよ。人生の三分の一は寝てるとか言うしな」

仕方ないので適当にごまかすことにする。別にこれだって嘘というわけではない。テスト前でも結構がっつり寝るタイプだし。

「それに坂戸も明らかにやりすぎだったと思う」

「あははー、まあ私も好かれてないなって思ってたけど、予想以上だったかな」

「ああいうの見ると俺はぼっちでよかったって思うよ。星ヶ崎にしろ坂戸にしろ、あれこれ考えて人間関係築く奴らってホントすごいよな。尊敬するけど絶対真似《まね》したくない。したくてもできないけど」

「見た目の通り卑屈だなー」

星ヶ崎が小さく笑う。その様子に少しホッとしたけど見た目の通りってどういうことなんですかね。そこんとこ詳しく問い詰めたい。

「そうだ、星ヶ崎には謝っとかないとな。さっきの花見辻って奴のことなんだが」

「ああ、うん。やっぱり付き合ってるとか?」

「違《ちげ》えよ！　怖いこと言うな本当に！　……そうじゃなくて星ヶ崎がラノベ好きっていう話、色々と事情があって花見辻に話した。口は堅いし外部に漏れることはないだろうけど、秘密を口外したのは事実だ。悪かった」

「ああ、それね。七村が信用してるんだったらいいよ。花見辻さん、いい人っぽかったし」

「ほぼ顔しか知らんだろ」

「すごい可愛いよね、近くで見てびっくりした」

最近よく会ってるからマヒしてきたが、花見辻は美少女だ。そんな奴がわざわざ俺みたいなぼっちに関わってくるなんて、よほど特殊な価値観を持ってるらしい。

そうだ、忘れるところだった。バッグの中を探って星ヶ崎のラノベを取り出す。

「ほい。これ返す」

「あ、うん。ありがとね」

「ラノベのことを隠したいんだったら、少なくとも学校には持ってくるな。また今回みたいなことになっても、いい加減俺も庇《かば》いきれんぞ」

「だよね……気をつける」

さすがに反省したのか、神妙な様子でラノベを受け取る。

「そういえば七村、これ読んだんだっけ。早いね」

ああ、教室でそんなこと言ったかもしれない。読んだのは確かだが、あれは前回のことだからな。正直そこまで細部は覚えてない。

「まあな。そこそこ面白かったと思う」

「あはは、なにそれ。この前出たばっかじゃん。ねえねえ、どこが面白かった？　私も半分くらいまで読んだんだけどさ」

おかしそうに星ヶ崎が笑う。それから俺たちはしばらくラノベの話をした。星ヶ崎がラノベに興味を持ったのは兄の影響らしく、子どものころから勝手に本棚から借りて読んでるうち、自分でも買うようになったそうだ。

なるほど、家族が同じ趣味だとお互いに持ってる作品を貸し借りできるから、出費も安くてすむよな。残念ながら皐月《さつき》はラノベを買わないので、素直に羨《うらや》ましい。

そういえば、高校生になってからまともにラノベの話をしたのは初めてだ。俺はあまりラノベの感想を話すタイプじゃないのだが、まあ、こういうのもたまには悪くない。

バイトのシフトは基本的に火曜と水曜、あと土日の片方らしい。俺と花見辻がこのファミレスに来るのは月曜なので、これまで星ヶ崎を見なかったのも納得だ。

一時間ほど話して、俺たちは席を立った。ファミレスの外に出た星ヶ崎が言う。

「ねえ、ＬＥＩＮ教えてよ」

「俺と交換しても仕方なくないか？」

「いやあその、ほら！　ラノベの話とかさ。私もラノベの話する友達とかいないし、たまに七村に付き合ってもらえると嬉しいなーとか……ダメ？」

付き合ってもらえると嬉しい、という言葉にも俺は決して動揺なんてしない。そういう思わせぶりな言葉にいちいち反応する恋人いない歴＝年齢的思考の俺ではない。いや恋人いない歴＝年齢なのは確かだが精神的な成熟具合という意味で。あ、それはそれとしてダメではないし全然ＯＫですよろしくお願いします。

「そういうことなら、まあ」

「やった」

そういうところでいちいち嬉しそうにするのは止めろ。恋人いない歴＝年齢的な妄想がほとばしってしまうだろ。

連絡先の交換を終え、星ヶ崎は「それじゃーまた学校で」と言いかけて口ごもった。察した俺は何気ない口調で言う。

「学校は無理だろ。俺はお前のストーカーみたいな風潮になっちゃったし」

「いや、そこまでじゃないと思う……かな……？」

「めちゃくちゃ自信なさげに言うくらいならいっそ肯定してくれ」

無理にフォローしようとする心遣いは嬉しいが空回ってるぞ。

一つため息をついて、視線を今しがた出たばかりのファミレスに向ける。

「なんかあったらＬＥＩＮで言ってくれ。その時はまた、ここに来ればいいだろ」

「うん、そうだね。わかった」

よし、とうなずいて星ヶ崎が手を振る。

「それじゃ私、こっから歩いて帰れるとこだから」

「そうか。じゃあ、また」

小さく会釈《えしゃく》して俺は自転車にまたがり、ギュイッとペダルを踏み込んだ。すぐに信号に引っかかり、なんとなく後ろを向く。

星ヶ崎がまだこちらを見ていて、照れ臭くなって視線を逸らした。

第三章 遠足の班分けってむしろ本番よりキツいと思うんだが?

あれから数日が経《た》ったが、相変わらずクラスでは俺《おれ》への風当たりが厳しい。とはいえ、クラスメイトもあからさまに危害を加えてくることもなく、ただひたすら無視されてたまに陰口をたたかれている程度。

その陰口もだんだん減っているようで、ただのぼっちに戻る日も遠くないだろう。……あまり事態が好転してる感じがしないな?

ホームルームでは遠足の話も出始めていて憂鬱《ゆううつ》な気分になる。

ぼっちにとって校外学習や修学旅行は鬼門だ。

普段の平日なら休み時間より授業の方が長いので、トータルで考えるとぼっちが気になる時間もそれほど長くない。

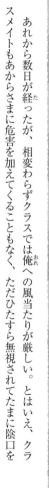

だが、学校外の課外活動になると話は変わる。

最初の問題は移動時間だ。公共交通機関にしろバスにしろ徒歩にしろ、クラス全体で移動しているうちは実質休み時間みたいなもの。友人がいる連中は好き勝手に話しまくるし、バスや新幹線の移動だとゲームやトランプをやる連中もいる。その間ぼっちはマジで何もすることがない。ひたすらイヤホンを耳に突っ込んで時間が過ぎるのを待つだけ。

バスなんかで隣の席になった奴《やつ》がわざわざ補助席使ってまで別の場所に移動すると、スペースは広くなるが心が痛む。俺が隣で悪かったな。

現地へ着いてもスケジュールには余裕があり、半ば学校行事にかこつけた遊びだ。修学旅行で学を修める奴は少数派である。

それに今回は「遠足」なわけで、清々《すがすが》しいほど遊ぶこと前提の行事だ。

学生の本分は勉強なんだからお前らもっと勉強しろと言いたいが、俺だって別に勉強したいわけでもないので強く言えない。

前回の高一の時、遠足で行ったのは県内の離島だったらしい。記憶はないがロクに楽しめなかったんだろう。そもそも班のメンバーすら記憶にない。

そんな遠足が近づいてきたある日の放課後、俺は本を返しに図書室へ出向いていた。

図書委員に本を渡して処理が済み、そのまま回れ右して帰る本好きはいない。特に借りたい本がなくても、とりあえず本棚を見て回るのが本好きの性《さが》ってものだ。

今日はなんとなく、書庫にある単行本を物色したい気分だった。書庫への入口は閲覧室の隅にあり、両開きの扉は常時解放されている。

書庫の窓は小さくて照明も古いため、内部は薄暗い。保管されている本も古い単行本や雑誌ばかりで、いつ見てもほとんど人の気配がない。

だが、人がすれ違うのも難しいほどの間隔でスチールの棚が並び、踏み台を使わないと取り出せない高さまで本がぎっしりと並んでいる光景は、俺でなくても本好きならワクワクすることと請け合いだ。俺は前回の時からこの空間が気に入っていた。

しばらく本棚の隙間《すきま》をふらふらと巡り、タイトルに惹《ひ》かれた適当な本を引き抜いてパラパラとめくる。

すると、すぐ隣に誰《だれ》かがやってきた気配を感じた。

「あ、すいません」

もっと奥の棚に用があるのかと思って通路から出ようとする。だが、顔を上げるとそこには見慣れた星ヶ崎《ほしがさき》の顔があった。

「やっほー」

「いいのかよ。学校だぞ」

「声かける前に一応確認したけど、七村《ななむら》以外に誰もいないから大丈夫だよ」

「それはそれで若者の本離れが深刻だな」

小さく嘆息してから本を戻す。星ヶ崎は本のタイトルを見て、ほえー、と声を漏《も》らした。

「七村、こういうのも読むんだね」

「まあな。ラノベしか読まないってわけじゃない」

「あー、七村ってラノベ書いてるんだもんね。ラノベを書く人もラノベしか読まないんじゃなくて、色々な作品を読んだ方がいいってなんかで見たよ」

「それもあるっちゃあるが、そもそも俺は普通にラノベ以外も好きってだけで……あ？」

ちょっと待て！　なぜコイツがそれを知っている⁉

「えーっとだな、星ヶ崎。お前いま、なんて言った？」

「七村ってラノベ書いてるんだよねって」

そうだよな、やっぱりそう言ったよな。聞き間違いだったらよかったのに。

「俺はそれをあまり口外した覚えがない、というか一人にしか言ってないんだが、なぜ星ヶ崎がそれを知ってるんだ？」

案の定、星ヶ崎は苦笑いを浮かべて困ったように頰《ほお》を搔《か》いた。

「あー、それはまあ、その一人から聞いたというか」

「花見辻《はなみつじ》のやつ、人の秘密をペラペラと……！」

「いやその、空《そら》ちゃんも悪気があったんじゃないんだよ！　どちらかというと、私のためを思ってみたいな感じで」

星ヶ崎が言う「空ちゃん」というのは花見辻のことである。

実は俺と花見辻がファミレスで話した翌日あたりに、星ヶ崎の方から花見辻へ接触して連絡先を交換したそうだ。それから数週間と経ってないのに、今ではお互いに連絡を取り合う仲らしい。

陽《よう》キャの距離の詰め方、いくらなんでも速すぎない？

言ってみれば俺が二人の仲を取り持ったわけだが、仲介者である俺が友達ゼロ人なのはどういうことだ。なんかおかしい。

そういえば花見辻によると、どうも星ヶ崎は花見辻のことをオタク仲間だと勘違いしているようだ。まあ、俺たちが付き合ってないと考えたらそういう結論になる……いや、言うほどなるか？　どうも星ヶ崎の推理能力には問題があるらしい。

それは置いといて。

「なぜ星ヶ崎のことを思いやると俺の秘密が漏らされるんだ！」

「えーっとね。何度かLEINして仲よくなったころ、『そういえば私だけ星ヶ崎さんの秘密を知ってるんだけど、これだと不公平よね』って空ちゃんが言い出したのね」

「まあ、確かにな」

「それで、『じゃあ星ヶ崎さんの秘密と引き換えに、七村くんの秘密を教えてあげるわ。これでおあいこね』って言って教えてくれたの」

「なるほどな、それでおあいこか……っておい待て！　俺の秘密が知られた代わりに花見辻は完全に無傷じゃねーか！」

いや、遡《さかのぼ》れば俺が星ヶ崎の秘密を花見辻に言ったのが悪いのか？　でもあれは仕方なかっただろ。不可抗力だ。

ともあれ、俺の秘密は外交カードとしてあっさりと切られてしまったらしい。せめてもうちょい大事な場面で切ってくれ。

ぐおお、と悶《もだ》える俺を気遣ってか、星ヶ崎が明るい声を出した。

「でもさ、小説を読むだけじゃなくて、自分でも書いてるなんてすごいと思う！　それって多分、もっと自信持っていいことだと思うし！」

「そ、そうか」

「よかったらでいいんだけどさ、なんか書き上がったら読ませてよ。七村がどんな小説書くのか、実際興味あるし」

「あー、確かに読んだ人の感想がもらえるなら俺も助かるな、星ヶ崎はラノベ読んでるわけだし……わかった、いま書いてるのが仕上がったら伝える」

「やった！　ありがと！」

「お、おう」

そんな風に期待されるとなんか怖くなってくる。いやいや、自分を信じろ。作品に自信を持たないと書いてる間に「これ面白《おもしろ》いのか？」となって完成しなくなるし。

俺はやればできる子なんだ……まだ本気出してないだけだから……と自己暗示をかけていると、星ヶ崎がスマホを見て「あ」と呟《つぶや》いた。

「そろそろバイトの時間だから今日はこれで！　またね！」

「そうか、まー首にならん程度にバイト頑張れ」

ひらひらっと手を振って書庫を出ていく星ヶ崎。やれやれ、と棚に視線を戻してふと思う。

アイツ、なんの用があって来たんだ……？　さっぱりわからん。

それよりも借りる本のことを考えないとな、と本棚を物色していると、また通路にふっと影が差した。

「どうした星ヶさ……あ」

てっきり星ヶ崎が戻ってきたのかと思ったのだが、そうではなかった。俺の目の前に立っているのは、クラス委員長の白峰《しらみね》だった。

黒髪ストレートに落ち着いた風貌《ふうぼう》の白峰は書庫の雰囲気にピッタリはまっている。

「やあ、七村くん」

ほかのクラスメイトとは違い、白峰は前と変わらず声をかけてくる。いや、ほかのクラスメイトも声をかけてこないのは前と同じなんだけど。

「なんだよ、白峰か」

小さく鼻から息を漏らした白峰は、両手を腰に当てて俺の顔を見上げた。

「なんだよとは失礼だね。星ヶ崎さんじゃなくてガッカリしたかい？」

思わず息を呑《の》んだ。おいおい星ヶ崎さん、さっき書庫には俺以外の人はいないとか言ってませんでした？　教室での一件といい迂闊《うかつ》すぎるだろ。

ドジっ子属性ってのは取り返しがつくドジだから可愛《かわい》いのであって、致命的なドジを踏みまくるのはただひたすらヤバい子なんだよなあ……と愚痴をこぼしても仕方がない。

「見てたのか」

「ああ。見てただけじゃなくて聞いてたよ。盗み聞きをしたことについては謝る」

「さすがにごまかせない、か」

「そうだね。でもとりあえず、小説を書いてる云々《うんぬん》の話は君の恥部だろうから触れないでおいてあげるよ」

「ガッツリ触れてんじゃねえか」

後頭部の髪をくしゃりとかき回し、ちらりと周囲をうかがう。

俺たちのほかに人影はない。目で白峰を促して書庫のさらに隅の方まで歩き、窓際に並び立って向かい合う。

制服をきっちり着こなした白峰は、いつにも増して決然とした雰囲気を漂わせていた。

「先日の星ヶ崎さんと坂戸《さかど》さんの一件は、私も友人から聞いて知っている。あの日はちょうどクラス委員長の仕事で教室にはいなかったんだけどね」

そういえばあの時、白峰の姿はなかった気がする。お忙しいことで。

「友人から聞いた内容を総合すると、星ヶ崎さんのリュックから発見された本は、君が勝手に仕込んだものという話だったけど……さっきの会話を聞いた限りでは、星ヶ崎さんは君に悪感情を抱いてないようだ」

「まあ、そうかもな」

「私の推測が入るけど、君は星ヶ崎さんをかばったんじゃないかな。あえて悪者になったことで問題を収めたんだ」

「中間テストの点がよかったからって買いかぶりすぎだ」

「そんな理由で言ってるんじゃないよ」

「ただのぼっちにヒーローは荷が重すぎる」

「確かにヒーローってほどスマートな解決じゃなかったようだね」

「うるせ……いや、なんでもない」

なおもはぐらかしていると、これ見よがしにため息をつかれた。

「はあ。頑固な人間だな、君は。まあいいさ、言いたくないなら詮索《せんさく》はしないよ」

「……悪いな、助かる」

穏やかに微笑んだ白峰が、あごに手を当てて少し考え込むポーズを取った。

「君が実はいい奴だってことはわかった」

「その言い方はなんか恥ずかしいから止めろ」

「だけど現状を見るに、君が割りを喰《く》いすぎだと思うけどね。未《いま》だにクラスの女子は君のことを気持ち悪がってるし、男子もいい感情は持ってない」

「仕方ねーだろ。そういう解決しかできなかったのが悪い」

人生経験が豊富なリア充《じゅう》だったら、こんなぐちゃぐちゃな解決ではなく、もっと上手に丸く収められたのだろう。

だが、あいにく俺は人間関係についての経験値ゼロだ。

あれが精いっぱいというか、あれでもよく頑張った方だ。結果はともかく努力をたたえてほしいと思う。参加することに意義があるって言うし。

「高一でその割り切りはいかがなものかと思うな。どうする？　私もクラス委員長として、みんなの誤解を解く手伝いくらいならできるけど」

「遠慮しとく。友達同士でも貸し借りはやめなさいって親に言われてるんだよ」

「それ、お金の話だと思うけどな」

「俺のことを思うなら、さっき星ヶ崎が話してたことは誰にも言わないで欲しい」

「それは、始めからそのつもりではあったけど」

呆《あき》れたように肩をすくめて、白峰がため息を吐いた。

「君の意思はわかった。だけど、私は君がどういう人間なのか知っている、ってことは覚えておいてくれよ。困ったことがあれば言ってほしい。私はクラス委員長だしね」

「了解したよ、委員長」

「よろしい。……そういえば君、クラスのＬＥＩＮグループに入ってなかったね」

「まずそんなものの存在を知らなかった」

「あはは、まあ仕方ないか。それじゃあ私がグループに追加……いや、今の状況だとマズいか。じゃあ個人的にでいいから、連絡先を教えてくれないか」

おいおい。

花見辻に星ヶ崎に白峰、ここ最近の連絡先交換ラッシュはなんだ？　朝の占いで俺の連絡先がラッキーアイテムになってたりする？

さすがに俺も連絡先の交換には手慣れてきたので、あっさりと白峰の連絡先が登録される。

そういえば白峰の下の名前、真白《ましろ》だったたっけな。

「それじゃあ今日はこれで」

「お、おう……」

「また明日、学校で」

小さく微笑む白峰の顔が、薄暗い書庫の中で浮かび上がるようにはっきりと見えた。

◆

白峰とＬＥＩＮを交換した次の週末。俺は外出する準備を整えてリビングに下りた。

両親は連れ立って演劇を観に行くとかで家を空けている。夫婦円満でよろしいことだが、一緒に出掛けた時に当たり前のようにいちゃつくのは少し恥ずかしい。

皐月《さつき》はどこだと探してみると、ソファにぐでーっと横たわってポリポリお腹《なか》を掻いていた。女子中学生が出していい貫禄じゃない。コイツ、だんだん父さんに似てきてるよな……お兄ちゃん心配。

「おい皐月。今から出かけるから、夕方になったら洗濯物頼むぞ」

「えー、めんどくさーっ……てあれ、お兄ちゃんどうしたのそのカッコ」

今日の俺は黒いスキニーにTシャツ、その上にこの前買ったばかりの薄手のジャケットを羽織《はお》っている。

前回の高校三年生時の俺が編み出した、ザ・無個性の極《きわ》みを目指した服装だ。ユ○クロのマネキンが着てそうな取り合わせというかほぼそのまんま。

「そんなの持ってたっけ」

「買ったんだよ。もう高校生だぞ」

「へーっ、お兄ちゃんがラノベ以外にお金を使うとは……妹として感慨深いものよ」

「お前は親か」

俺の服装がそんなに面白かったのか、皐月はわざわざソファの上に起き上がってじろじろと眺めてきた。そう見つめられると恥ずかしいんだが。

「まーオッサン臭いけどお兄ちゃんって老け顔だしいいかもね」

ズバッと言ってくる皐月。いやいや、もちろん皐月に悪気がないことはわかってるぞ。ちょっと言葉足らずなだけなんだよな。

こほんと咳払《せきばら》いして、俺は威厳たっぷりに口を開く。

「人生の先輩としていいことを教えてやろう。そういう時はオッサン臭いとか老け顔とかじゃなく、『大人っぽい顔に合ってる』って言うんだよ。そうすると俺みたいに無辜《むこ》の民が傷つかなくて済む」

「人生の先輩って言うけどさ、お兄ちゃんって友達いないし人生経験も少なそうだし、全体的にアドバイスの信憑性《しんぴょうせい》がないんだよね」

「くそ、繊細な部分をよくもまあそんなピンポイントにっ!」

おっかしいなー、ひょっとして皐月の奴、めちゃくちゃ悪気あるのかな? 普通に俺のこと嫌いだったりする? この前勝手に冷凍庫のアイス食べたから?

だいたい妹が二つも学年違う俺の交友関係を知ってるのが謎《なぞ》なんだけど。

ひょっとして中三の二学期にあった三者面談で「穂高《ほだか》くんはクラスにまだ馴染《なじ》めてないようで……」って言われた話も母さんから筒抜けだったりする? 母娘のホットライン、超怖い。

しかも中三の二学期で馴染めてないってもう詰んでるだろ。

「っていうか、お前は俺に友達がいないとか言うけど最近はそうでもないぞ。高校に入って以来、LEINの登録人数が三人も増えたんだ」

「ちょっとお兄ちゃん、それを快挙みたいに言うの止めてくれる？　あまりに哀れで涙が出てくるんだけど」

本気で目を潤ませる皐月。どうやら選択肢をミスってしまったらしい。

妹からガチで心配されてしまうとか兄の威厳が崩壊寸前だ。もうとっくに崩壊しているまである。

「ちなみに今日はどこ行くの？　図書館？　本屋？　コンビニ？」

「ことごとく一人で行ける場所しか挙げないのは偶然だよな？『まさかお兄ちゃんが誰かと出かけるわけないしな』とか思ってないよな？」

「むしろそう考えない方がどうかしてると思うけど」

「お前は俺を過小評価している。今日はクラスメイトの女子とファミレスで会う予定だ」

見直したかと言わんばかりに胸を張って答えると、皐月はふっ、と鼻で笑った。

い、妹に鼻で笑われてしまった……。

「はっ、お兄ちゃんさあ。どうせならもうちょっとマシな嘘《うそ》つきなよ」

「本当なんだよ。俺の目を見ろ」

じーっと皐月の顔を見つめると、ようやく俺の本気度が伝わったらしい。

「そうか、女子目当てでファミレス行くのは本当なんだ」

「目当てっていう言い方は止めてほしいがな」

「バイト先までストーカーするのはさすがにドン引くなー」

「違《ちげ》えよ！」

「お母さんを泣かせちゃダメだよ。でもやっぱり、今のうちにテレビの取材で『いつかやると思ってました』って答える練習しといた方がいい？」

「そんな練習するな！　せめて『家では優しい兄でした』って練習しとけ！」

「そのセリフは練習した方がいいんだ……」

「冗談は置いといてだな、俺はバイトしてる姿をのぞくんじゃなくて普通に会うんだよ」

「いくらで？」

「タダに決まってんだろ！　いや、タダって言い方がもうアレだけど！　お前は俺をなんだと思ってるんだよマジで……」

反論しすぎて肩で息をし始める俺。なんで家を出る前からこんなに疲れてるんだよ。

ここまで食い下がるとさすがに皐月も多少は信じる気になったのか、むう、と腕組みをして黙り込んだ。

「ふーん、そこまで言うんだったら嘘はついてないっぽいね。ついに見栄を張る相手もいなくなって妹相手に嘘をつき始めたかと思ったんだけど」

「一度お前とはキッチリ話し合う必要がありそうだな！」

「まーまー怒んないでよ。これでも家族としてさ、お兄ちゃんが幸せになることは歓迎なんだよ？　だから私と約束して」

「なにを？」

「綺麗《きれい》な女の人に宗教を勧められても入信しない。高い壺とか絵を売りつけられそうになったら逃げる。家族を勝手に連帯保証人にしない」

「お前、やっぱりバカにしてんだろ」

俺のツッコミを「あははー」と笑っていなし、皐月はひらひらと手を振った。

「まあまあ、誰かに騙《だま》されてるんじゃないならいいからさ。お兄ちゃんも多少は人間らしくなってきたね」

「俺は感情を覚えたアンドロイドかよ」

はあ、と嘆息して踵《きびす》を返した。そろそろ行かないと本格的に時間がマズい。

今日は俺の小説を星ヶ崎に読ませる予定になっているのだ。


数十分後、俺は星ヶ崎との待ち合わせ場所、つまりいつものファミレスに来ていた。完全に常連だ。

毎度ファミレスに集まると地味に手持ちの金が減ってしまうが、多少は仕方ない。これも人間関係の代償というやつなのだろう。うん、やはりぼっちが一番だな！

「で、なんでお前がいるんだ」

「なにか文句でもあるわけ？」

俺の問いに平然と言い返したのは花見辻だ。

顔がいいからなにを着ても似合うだろうし、細身のTシャツにキャミワンピースはもちろんよく似合ってる。……だがちょっと待て。

確かに星ヶ崎に小説を見せる約束はしたが、お前にはしてないだろ。なぜここにいる？

「でも少し意外だったわ。てっきり七村くんのことだから、頭にバンダナでも巻いて指ぬきグローブとか着けてくるのかと思ったのに」

「どんだけ古い秋葉原《あきはばら》にいるオタクだよ。もはやコスプレだろ」

最近じゃ秋葉原もだいぶ普通の街になってると聞くしな。別に行ったことないしネットで聞きかじっただけの知識だけど。

「いや俺の服の話はいいんだよ。なんで花見辻がいるんだ」

そう問い詰めると、花見辻が小さくため息をついて横に座る星ヶ崎を見た。

星ヶ崎はパステルのブラウスにプリーツスカートで、こういう女子っぽい服もいいなと素直に思う。そりゃ女子なんだから当たり前だけど。人って服装でだいぶ印象変わるよな。

「星ヶ崎さんに呼ばれたのよ、面白いものがあるからって」

「面白いもの扱いかよ」

「それで来てみたらあなたの小説を読ませるとか言うんだもの。肩透かしもいいところだったんだけど、七村くんから慰謝料とか取れるのかしら？」

「俺の関知しないやり取りで慰謝料を取るな！」

「だって星ヶ崎さんから取ったらかわいそうじゃない」

「俺から慰謝料取ってもかわいそうだろ！　かわいそうだと思ってくれ！」

花見辻よ、お前はサンドバッグと話してるつもりかもしれないが、あいにく俺は生身の人間なんだぞ。忘れてない？

「えー、いいじゃん！　空ちゃんだって気になるでしょ？　同級生が書いた小説だよ？　凄いと思わない？」

憮然《ぶぜん》とした表情の花見辻にがばっと身を寄せる星ヶ崎。

花見辻はめんどくさそうにため息をついたものの、本気で嫌がってる雰囲気ではない。

おかしい、花見辻が星ヶ崎に甘すぎる。俺に対してはあんなに辛辣《しんらつ》なのに！　俺と星ヶ崎、いったいどこで差がついたのか……。

そういえば二人が一緒にいるのを見るのは、星ヶ崎の一件があった日以来だ。

友達になったとは聞いていたが、まさかこれほど仲よくなってるとは。陽キャは距離感を詰めるスピードが速すぎる。

「まあ、気にならないと言ったら嘘になるかもしれないけど。きっと大したことなくて微妙な空気になるだけよ」

「そんなことないと思うけどなあ」

「星ヶ崎さんはやけに七村くんを信頼してるようだけど、認識を改めた方がいいわ。一見するとただの男子高校生に見えるかもしれないけど、七村くんはぼっちなのよ」

「いちいち俺をくさすな。一見しても二見してもちゃんと男子高校生だ！」

ぼっちの人権団体に噛《か》みつかれても知らんぞ……と思ったが、ぼっちが団体を作ったらそれは最早ぼっちじゃないかもしれない。ぼっち団体のパラドックス。

「まあ、文句があるなら読んでから言ってくれ」

そう言って俺はダブルクリップで留められた二つの紙束を取り出す。片方は予備だったのだが、ちょうど二人いるしそれぞれに一つずつ渡すことにする。

「へえ、結構なページ数があるのね」

「ああ。元々ある程度は書き上がってたやつをこの数日で一気に仕上げた。多少の誤字脱字は目をつぶってくれ」

今回持ってきた小説は四万字程度。文庫本一冊には足りない中編くらいの量だが、いきなり文庫本一冊分を読めと言うのも無茶だろう。長編一冊分を書き上げるのが大変で諦《あきら》めたとかそういうわけじゃないんだぞマジで。

ちなみに中身は可愛いヒロインが大勢でてくる学園ラブコメ。最近は一対一ラブコメが人気だけど、個人的にはヒロインが多い方が嬉《うれ》しいんだよな。人数が多いほどたくさんのタイプが楽しめてお得だし（？）。実はこの先の展開もぼんやり考えており、それぞれのヒロインに最高の見せ場がある予定だ。

「二人がどれくらいで読めるのかわからんけど、まあ気楽に読んでくれ」

「そうね。日本語さえどうにかなってれば一時間もあれば読めると思うわ」

「私はもうちょいかかるかもだけど」

よし、とうなずいて俺は三人分の飲み物をドリンクバーに取りにいく。これくらいは俺の文章を読んでくれる二人に向けてのサービスというやつだ。決して花見辻にあごで使われる前に体が動いたってわけではない。

俺は二人の向かいに座り、スマホをいじるふりをして二人をチラ見する。

そして気づく。

自分の小説を目の前で読まれるの、死ぬほど恥ずかしいな！　もう羞恥《しゅうち》プレイだろこれ。

いやいや、自信を持つんだ俺。

読み終えた二人は俺の高校生離れした文章力と構成力、ウィットに富んだジョークその他諸々《もろもろ》に感動してサインを求めてくるかもしれない。

そうだ、きっとそうに決まっている！　俺はたぶん小説がうまい！

俺は自分の想像もとい妄想に満足し、クイッとコーラの入ったグラスをあおった。

勝利の美酒ってこんな感じだろうな。ただのコーラだけど。

ちょうど一時間と十五分が経過したころ。

「終わったー」

と言って星ヶ崎が紙束から視線を上げた。

花見辻の方は四十分ほどで読み終えたらしく、のんびりウーロン茶を飲んでいる。

おお、ついに来たかこの時が。どうしよう。二人が俺の才能に惚《ほ》れてしまい、もはやこれまで通りの関係性には戻れないかもしれないな。

必ずや近いうちに小説で名を成すであろう俺に敬意を払って敬語とか使われちゃったらどうしよう。ふふふ、想像するとなんだかむず痒《がゆ》いぜ。おいおい二人とも、もうちょっとフランクに行こうぜフランクに。俺はほら、立場の違いとかそういうの気にしないタイプだから。本が出たらサインとか書いてやるぞ。あとがきで感謝を述べてやってもいいぜ。

そんなことを考えていると、花見辻がコトン、とグラスを置いた。

「一応、先に聞いておきたいんだけど」

「なんだ、執筆の背景などに関する質問があればなんでも言ってくれ。影響を受けた本とかサブタイトルの由来とか……」

「そうじゃなくて。七村くんは本当に私たちの感想を聞きたいのかしら?」

冗談を言っている顔ではなく、どこか気まずそうというか、あまり乗り気じゃなさそうな雰囲気を感じる。なぜ？

「そりゃまあ、せっかく読んでもらったわけだからな。俺には感想を聞く義務があるとは思ってるけど……」

「そう。だったら言わせてもらうけど」

花見辻はそこで言葉を区切り、はあ、と小さく息を吐いた。

「端的に言ってつまらなかったわね。時間の無駄だったわ」

「なっ……!!」

「書いてあることの意味はわかるけど、だから何？　という印象ね。これが単なる日記ならいいけど、小説にしてはストーリーに起伏がなさ過ぎるわよ。なにを楽しめばいいの？」

「そ、それはその、学園ラブコメというジャンルがそもそも起伏が少なめというか……世界を救ったりするわけでもないし……」

「漫画ならまだキャラクターの絵があるから読めるかもしれないわね。でも小説でこれはキツいでしょう。会話も地の文もつまらないし」

「う、うぐぐ……」

「それにこれは文庫本に換算するとせいぜい百ページもないと思うけど、それにしては登場するキャラクターが多すぎ。それに読み方が特殊な名前ばかりで覚えるのが面倒。顔合わせみたいに登場してそのままフェードアウトするキャラクターがちらほらいたのも気になったわね。

あの子たち、存在してる意味があったのかしら？」

「いや、キャラ個人については続編で回収する予定で」

「私たちはこれしか読んでないんだから意味ないでしょ。しかも『了』って末尾にあるし」

「しまった、『つづく』にしておくべきだったか！」

「そういう問題じゃないでしょ。あと、私は続きを読みたくないわよ。つまらないし」

「ぐぬぬぬ……」

　頭を抱えて悶える俺をさすがに気の毒だと思ったのか、花見辻が慰めるようにぽん、と俺の肩を叩《たた》いて言った。

「もちろん私がこういうジャンルに理解がないってだけかもしれないから、そこまで気にすることはないわ」

「な、慰めてくれるのか、こんなどうしようもない駄文を生産するしかできない俺を……」

　こいつ、いい奴だな……。その横では星ヶ崎が
「なるほど、花見辻さんはファンタジー系が好みか……」

とか呟いてうんうんとうなずいている。なんか花見辻のことが勘違いされてるっぽいが、当人は気づいてなかった。

　潤んだ瞳《ひとみ》を向ける俺に、にっこりと花見辻が微笑んだ。

「まあ、私がこのジャンルに詳しくてもきっとつまらないと思ったでしょうけど」

「追い打ちかけてきただけかよ！」

「はい次、星ヶ崎さんの番よ」

言うだけ言って花見辻は順番を星ヶ崎に譲った。

バッと顔を向けると、星ヶ崎が弱ったように苦笑いを浮かべる。

「わ、私も言った方がいい？」

「どうかお手柔らかに……いや、そんなんじゃダメだな。ビシッと、思ったことを言ってくれ。覚悟はできてる」

そうだ、俺はプロの小説家を目指す男。たとえ酷評を受けたとしても、それがちゃんと読んでくれた人の意見であれば受け入れるべきだ。

なんとなく腹筋に力を入れて星ヶ崎の言葉を待つと、あー、とか、うー、とか口ごもってからようやく話し出す。

「えっと、そうだね……そういえば七村、先月出たＧＡ文庫のラブコメ読んだ？」

「思いっきり話をはぐらかすな!!　しかも雑!!」

「いやあ、はぐらかそうってわけじゃないんだけど……そうだ私、ちょっと飲み物取ってくるから」

「グラスに半分以上残ってるだろ！」

ツッコまれてから慌ててストローをくわえ、星ヶ崎が飲み物を消費する。遅すぎるわ。

どうせならもう少しうまく話を逸《そ》らしてほしい。露骨すぎて遠回しに「つまらなかった」と伝えようとしてるみたいじゃねーか。あ、みたいじゃなくて伝えてる？

「じゃ、じゃあ飲み物を……」

花見辻が立ち上がりかけた星ヶ崎の肩を摑《つか》み、半ば無理やりに座らせる。

「それじゃダメよ星ヶ崎さん。せっかく苦痛を押し殺して最後まで読んだのだから、文句はしっかりぶつけるべきだわ」

「く、苦痛を押し殺してってほどでは……」

「七村くんは本気で小説家を目指しているのよ。率直《そっちょく》な意見を伝えてあげることが彼の夢を後押しすることになるの」

言ってることは間違ってないし一見すると俺を思いやってるように聞こえるが、お前はただ俺をディスりたいだけだろ。瞳が悪意に輝いてる！

「うーん、そうだね……面白いかどうかって言われると面白くなかったかな」

「だろうな……なんせ生きる駄文製造機こと俺が書いた文章だからな……」

「急に卑屈になってる!!　ねえ本当に大丈夫？」

「だ、大丈夫だ。続けてくれ」

「わかった……えっとね。確かにつまらなかったけど、文章はちゃんと意味がわかったし、最後まで書いたのがすごいよ。私、読書感想文でもこんなに書いたことないし」

「当たり前でしょ。読書感想文で文庫換算百ページも書かれたら先生も困るわよ」

花見辻が冷静にツッコむが、星ヶ崎は必死な顔で口を開く。

「それに、そう！　高校一年生でこれだけ書けるってすごいと思う！」

「こ、高校一年生っ……」

なるほど星ヶ崎に悪気がないことはよーくわかる！　わかるけど！

問題は俺が高校三年間を一度経験しており、今の俺は精神的に言えば十九歳ってことだ。

悪気がない分めちゃくちゃダメージがデカい！

「ぷふっ!!　……ふっ、ふふ、高一、そうね、高一だものね……くっ」

星ヶ崎の横で花見辻が盛大に笑いをこらえている。いっそ殺してくれ。

俺たちのリアクションを見て、星ヶ崎が戸惑ったようにわたわたする。

「あ、あれ？　なんかマズいこと言っちゃった？」

「いいえ星ヶ崎さん、なにもマズいことなんかないわ。事実だものね。そうよ七村くん、この小説は高校一年生にしては……すごい、よく書けてると思うわよ……ふふっ」

口元に手を当てて笑いをこらえる花見辻が、横目でこちらを見つめてくる。ピンポイントで俺のダメージになる箇所をえぐってきやがる。

「どうもありがとう星ヶ崎……花見辻はいつか覚えとけよ……！」

「ちょ、絶対なんか私、マズいこと言ったよねぇ!?」

一人だけ事情がわかってない星ヶ崎をよそに俺は花見辻を睨《にら》み続けた。だが、あまりにも面白そうに笑うものだから、俺もそのうち気が抜けてしまった。

そもそもなにが悪いかといえば俺の小説がつまらんのが悪いのだ。悲しいけど。

ひとしきり笑った後、花見辻がふと思いついたように聞いてくる。

「気になったんだけど、そもそもなぜ七村くんは小説を書いてるのかしら？」

ひょっとして「こんなへたくそなのに小説を書くとかどういう心境？」と煽《あお》られてるのかと思ったが、茶化《ちゃか》している風ではない。純粋な興味で尋ねたようだ。

その質問を聞き、なぜか目の前の星ヶ崎が立ち上がる。

「人が創作をする理由なんて決まってるよ空ちゃん！　心の中に熱くたぎるものがあって、それが抑えられなくなった時、人は創作に想《おも》いをぶつけるんだよ！　ね、七村？」

なぜか拳《こぶし》を振り上げて熱く語る星ヶ崎に小さく首を振る。

「いや、普通に小説を読んだ人から褒められたいからな。承認欲求を満たしたい、あと印税が欲しい、働きたくない」

「私の熱い前振りの意味は⁉」

いや、お前は完全に先走ってただけだし。勝手に前振りされても困るんだが。

「そりゃ小説を書いてれば熱くなることもあるし、表現したいものも出てくるけど、それより俺は小説で褒められたい！」

「……ここまで正直すぎる回答が来るとは思ってなかったわね」

花見辻も一歩引いた感じになってるのはなぜだ。ちゃんと答えたのに。

ズズッとコーラに口をつけ、俺は思いの丈をぶつける。

「だいたい承認欲求のない作家って、読者を楽しませようって動機がないわけだろ？　そんな作家の書いてる作品が面白いわけないと思うんだよな」

「でも、あとがきを読んでると承認欲求なさそうな人もいるけど」

「あれは嘘か見栄張ってるかだな。本当ならズルいから印税を分けてほしい」

「想像以上に七村の器が小さい！」

「そうね。器というより小さじよ」

「そ、そこまでは言ってないけど……」

「そうだぞ花見辻。本当のことだからって言っていいことと悪いことがある」

「器が小さじなのは認めちゃうんだ⁉」

まあ、俺の器が小さいかどうかはともかくとして、この分じゃデビューするのも気が遠い話かもしれない。やっぱり高校在学中のデビューは厳しそうだ……。

あと、この作品をウェブに投稿するのはやめとこう。すぐに読者が絶滅するだろうし。

◆

翌週、ついに恐れていたイベントが訪れた。遠足の班決めである。

遠足の行き先はクラスごとに投票で決められ、Ａ組は県内の小さな離島、文城島《ふみきじま》に行くことになった。花見辻の行っていた通りだ。

当日は貸し切りバスで移動して海に突き出た半島の突端まで行き、そこからフェリーに乗って文城島まで行くらしい。フェリーの移動時間は二十分ほど。

昼にはバーベキューをやるそうだが、話を聞く限りでは用意された具材を網で焼いて食べるだけらしい。それならもう焼肉屋で肉を食べればいいんじゃね？　俺はエビとかイカより肉の方が好きだし。

バーベキューのあとは班ごとに移動して島内散策、もとい遊び。

やれやれ、なぜ班という枠組みで行動しなければならないのか。少数派であるぼっちへの配慮がなってない。二十一世紀は多様性を認める時代ですよ先生。

そんな現実逃避の考えを巡らせているうちにも、黒板の前に立った先生がパンッと手を叩いて指示を出す。

「男女それぞれで二、三人の組を作って、それを合体して五、六人で一つの班にしてねー」

ざわざわという喧騒が教室に満ち、生徒たちは仲のいい友人と話し始めた。

花見辻からは「自分から動いて班に入りなさいよ」と言われていたのだが、そんな無茶を言われても困る。

ぼっちを舐《な》めないで欲しい。俺が動いたらその分だけ人波が分かれて、結局誰とも接触できないからな。なんか海を割ったモーゼみたいでカッコいい。

俺は動くに動けないものの椅子に座ったままというのもいたたまれず、仕方なく立ち上がったが特に行く当てもないので黒板の横でぼーっとしていた。

どうせそのうち先生が「どこか七村くんを入れてくれる班、ありませんかー」とか言い出して、疑心暗鬼の押しつけ合いゲームがスタートするんだろう。俺はそこまで読み切って、いつ先生に呼ばれてもいいように黒板脇《わき》で待機しているのだ。デキる男だなー俺。

教室の後方を見ると、星ヶ崎はいつもの女子グループとクラスでもイケイケの男子グループで作られた班にいた。アイツも無事に遠足を楽しめそうでよかったな、と親目線で眺めていると、俺に気づいた星ヶ崎がこっそり「ゴメン！」と両手を合わせるポーズを取った。別に俺がぼっちなのは星ヶ崎のせいではないのに。

クラスメイトたちはそれぞれのグループを次々に形成していく。いつまで経ってもドラフト会議で指名されない野球選手の心境だ。番組名も『お母さんありがとう』じゃなくて『お母さんごめんなさい』にしなきゃダメかもな。

そんな風にクラスの喧騒を他人事《ひとごと》だと思ってぼーっとしていると、不意に声がかかった。

「なにぼけっとしてるんだ、君は」

先生にしちゃ若々しい声だなと思って振り返ると、両手を腰に当てた白峰が呆れた顔つきで立っていた。夏服になってもびしっとした着こなしは変わらず、いかにも委員長っぽいオーラを漂わせている。

「おお、どうした」

「どうしたじゃないよ。班決めの最中になんで我関せずって顔していられるのか、私にはわからないな」

「実際俺には関係ないだろ。いきなり『誰か俺を班に入れてください！』って絶叫し始めたらみんな怖がるだろ」

「コミュニケーションの選択肢に絶叫を入れないでほしいんだけど」

「まあ、絶叫しなくても俺が話しかけたらみんな困るだろ」

「そうかもしれないけど、結局はどこかの班に入らないといけないんだよ。まさか一人でバーベキューする気かい？　そんな光景を見せられるこっちの身にもなってほしいね」

「そうは言ってもな……」

はあ、とため息をついた白峰が、つかつかと歩み寄って来る。

いちいち距離感が近いなコイツ。整った顔の女子にそんな無防備に近寄られるとこちらも困るんだよ。勘違いしちゃうだろ。

「確認するまでもないけど、君はまだ班が決まってないんだよね？」

「そうだな」

「よし、じゃあ私の班に入ってくれ。これで決まりだな」

「はあ？」

いきなりの展開に戸惑っていると、白峰がちらりと後ろを振り返る。視線の先では数人の男子と女子が遠慮がちに俺の方を見ていた。

「もう班員は説得してある。どうせぼっちなんだから拒否権はないよ」

「なんで白峰がそこまでするんだよ」

こいつが俺に肩入れする理由はなんだ？　星ヶ崎とのことを気にしているのだとすれば、お門違いもいいところだ。

そもそも俺は別に、褒められたことをしたわけじゃない。嘘をついてあの場を適当に収めただけで、星ヶ崎が隠し事をする現状は変わっていない。問題を先送りしただけ。いつか星ヶ崎がボロを出して、結局似たような出来事が起きるかもしれない。

その時に俺は、なにもしてやれない可能性が高い。

別に俺は、優れた能力を持つ超人高校生ってわけじゃない。ただ単に面の皮が厚いだけのぼっちなのだ。

だいたい、星ヶ崎の一件で白峰が負担を背負いこむ理由もない……なんて考えて俺が立ち止まったままでいると、白峰が半目になって睨んでくる。

「君がどこかの班に入るまで、私たちも話し合いを先に進められないんだよ。だから公共の福祉のために君は私が引き取ると思ってくれ。これならどうだ？」

なるほどそう来たか。これは決して星ヶ崎の一件とは関係なく、クラスの利益《りえき》のために委員長が取った選択だと。

それならまあ、拒否できないよな。

「わかった。よろしく頼む」

「よろしい」

満足げに白峰がうなずき、俺はその後ろについて班員となるクラスメイトと合流した。

まだ星ヶ崎や坂戸のグループと混ざるよりはマシだが、ほぼ会話を交わしたことのないクラスメイトたちと班員になるのも緊張する。

「よ、よろしく。あ……七村です」

ほとんど話したことないからうっかりクラスメイトに自己紹介をしてしまった。なにこれ。

でも、考えてみれば坂戸も俺の名前を忘れてたっぽいし、自己紹介はした方がいいかもしれない。それか名札でもつけるか？　顔と名前が一致してないオフ会みたいだけど。

「ああ、うん。よろしく……」

「おう……」

「…………」

ダメだ、班員との会話が全く続かん！　というか向こうにも続ける気がなさそうなので、俺の方から話すのも気が引ける。こういう時に「よい天気ですね」とか言っても終わった空気が流れるだけだし、「先月ＧＡ文庫から出た新刊がさァ！　ラノベ原作のアニメがさァ！」とか言われたら向こうも白峰に土下座して俺を班から追い出してくれと頼むだろう。

一方に話す気がないのにもう一方が執拗に話し続けてる光景、街中とかで見るといたたまれないんだよな。あの鋼メンタルはなんなんだよ。

「さあ、それじゃーみんな班ごとに集まって机寄せてー」

先生がパンパンと手を打ち鳴らし、俺たちはガタガタと机を寄せる。

さすがに高校生なので、机を寄せた時に俺の机だけ他の机と隙間が空いてる、なんてことはなかった。

小学校の給食タイム、周囲から浮いてると机をくっつけてもらえないんだよな……。先生が見つけて無理やりくっつけると女子が泣きそうになるし。俺が泣きてえよ。

とはいえ、机がくっついてるからといって会話に参加できるわけでもない。

あー、なんかの間違いで次に目を開けたら遠足が終わったあとだったりしねーかな。

バーベキュー後のスケジュールについてあれこれと話す班員たちを横目に、俺はそんなことを考えつつ欠伸をした。

◆

その日の放課後、星ヶ崎にＬＥＩＮで呼び出された。
おいおいちょっと待ってくれ、放課後に女子からの呼び出しとか、これはひょっとすると
ひょっとするのではないか？
もしこれが星ヶ崎じゃなかったら、カツアゲか「○○君にこれ渡して」と手紙なんかを託さ
れるパターンなので無視しているところだったぜ。いや、よく考えたらそもそも連絡先を知っ
てるのが数人しかいないので、知らない奴から放課後に呼び出される可能性ゼロじゃん。ぼっ
ちの防御力は高い。
星ヶ崎ならカツアゲの可能性はないだろうし、誰かへの伝言でも問題はない。
小学校のころ、バレンタインデーにわざわざ女子から廊下に呼び出されて「小沢《おざわ》君にこれ渡
して」ってチョコ渡された過去を持つ俺なら耐えられる。たまにこの記憶を思い出して考える
んだが、あの場面で小沢君じゃなくて俺を呼び出した意味ないだろ。同じクラスだぞ。数メー
トル離れた場所に小沢君いるし。直接呼べ。
アレか？「七村だったらガチの告白はねーなあ」っていう共通認識があったから俺を呼び出
すのは安牌《あんぱい》だったとかそういうやつ？　小学生の無自覚な残酷さが辛い。
星ヶ崎に呼び出されたのは特別棟の裏手にある職員用駐車場だった。俺が着いた時はまだ姿

がなかったので、先生たちの車を見て時間を潰《つぶ》した。別に詳しくはないが、たまに高そうだったり面白い見た目の車があって意外に面白い。

やがて小走りでやってきた星ヶ崎に、俺は小さく手を挙げる。

「おっす」

「ゴメン、呼び出しておいて遅れちゃって。なかなか抜けらんなくてさ」

少し息を切らしている星ヶ崎の頰はほんのり上気していて、吐息交じりの声音《こわね》になんだかドキッとする。待て待て、こんなことで動揺してどうする。わざと大げさに首を振って自分を落ち着かせ、なんでもないような口調で返す。

「問題ない。陽キャの交友関係が大変だってことはぼっちにもわかるからな」

「もー、七村はいちいちぼっちぼっち言わない方がいいよ？　嘘でも口に出してると本当になっちゃうって聞いたことあるし」

「それなら大丈夫だ。俺はすでにぼっちだからこれ以上悪くなりようがない！」

「それ、胸張って言うことじゃないと思うけどなー」

ジトっとした視線を感じ、慌てて咳《せき》ばらいをしてごまかす。

「で、用件はなんだ。学校内で言うほどのことか？」

「ああ、それね……さっきはその、力になれなくてゴメン……」

しゅんとした表情でうつむいて呟く。さっきのって、もちろん遠足の班決めだよな。

「え？　それだけ？」

拍子抜けした。告白ではなかったので少し残念とかそんなこと思ってないです本当に。

確かに星ヶ崎は俺に助け船を出さなかったが、それはどうしようもないことだ。

人間にはしがらみというやつがある。陽キャグループにいる以上、お互いに釣り合いが取れる連中と班を組むのは自然なことだ。

「ぼっちにはよくあることだし気にするな。結局は白峰がどうにかしてくれたし」

「うん……委員長、すごいよね。私はなにもできなくて……」

「あれは白峰がすごいんであって、星ヶ崎が負い目に感じる必要は全くないぞ」

白峰の奴もこれほどお節介だと貧乏くじを引くことも多いだろうに、よくやるもんだ。さすがに俺も尊敬する。見習おうとは思わないが。

「でも、私の一件がなかったら、もっとすんなり決まったんじゃないかなって」

なおもしゅんとした様子を崩さない星ヶ崎に、心の中でため息をつく。自分のことで自分以外の人間が落ち込んでるのを見ると、なんだか居心地が悪い。

「それはないから安心しろ。あの前から俺はぼっちだったし、どうせどこの班にも入れてもらえなかった」

「だからなんで自信満々なの」

口ではそう言いながらも、星ヶ崎は少し笑ってくれた。正直ホッとする。

「そういえば聞いたんだけど、空ちゃんのクラスも文城島に行くんだってさ」

「らしいな」

「いざとなればさ、空ちゃんと合流できたりしないかな？」

「待て、なんでそうなる。アイツは隙《すき》あらば俺のことけなしてくるような奴だぞ。遠足で行った先で班から爪弾《つまはじ》きにされたって知られたら、アホほど罵倒される未来が目に見えてる」

なんで遠足だけでも辛いのにプラスで酷い目に遭わなきゃならんのだ。遠足に花見辻、泣きっ面に蜂的な意味だろ。

「えー、そうかなあ。七村と空ちゃん、結構仲いいように見えるんだけど」

「勘弁してくれ。それに花見辻の奴も友達と班を組んでるだろ。俺と会っても無視されるのがオチだ」

一緒にタイムリープした仲とはいえ、俺と花見辻では天と地の差がある。別にそのこと自体は不公平でもなんでもなく、単にどれだけクラスで築く人間関係を重視してきたのか、努力してきたのかって差が表れてるだけだ。

いやホント、本気出せば友達くらい余裕なんだけどなー。小説のためには人間関係を切り捨てるストイックなところがあるんだよな俺って。前回の高校生活でも友達いなかったじゃねーかとかそういう正論は全《すべ》て却下する。

「まあ確かに、空ちゃんも友達で班作ってるもんね。そう簡単にはいかないか」

悩まし気に考え込む星ヶ崎に、俺はこれ見よがしに一つため息をついた。

「あのな星ヶ崎。俺の問題をお前が背負い込むなよ」

前回の高校生活でもぼっちだったわけで、今の俺がぼっちなのも単なる現状維持だ。

もはや俺がぼっちになるのは天により定められし運命かもしれない。先祖代々ぼっちの家系だとか。その家系、俺の前に途絶えてるよな。

それに誰かがぼっちであるからといって無闇《むやみ》に同情するのもよくない。自分が辛い境遇にあること自体より、可哀想《かわいそう》って視線を向けられる方が辛いってのもよくある話だ。

「お前は自分が遠足を楽しむことだけ考えてろ。せっかくのイベントだしな」

「七村が『遠足を楽しめ』とか言っても説得力ないね……まあ、言ってることは正しいか」

星ヶ崎は不承不承といった様子でうなずき、それじゃまたね、と言い残して去っていった。

口ではああ言ったものの、実際遠足でぼっちはダルいよな……白峰に口を利《き》いてもらった手前、サボるのもできないってのがめんどくさい。

もし俺と白峰の関《かか》わりがなく、会話したこともなければ、サボっても罪悪感とか湧《わ》かなかったんだろうけど。

やっぱり人間とのかかわりが増えると面倒ごとは増える。

ぼっちは精神の安定に寄与するんだな、という結論に達してその場を離れた。

◆

「ふうん、ちゃんと班に入ることはできたのね」

星ヶ崎と別れたあと、いつものファミレスで花見辻とグラスを挟んで向かい合う。花見辻は単に甘いドリンクが苦手なのかそれともカロリーを気にしているのか、今日も砂糖すら入れずにフルーツティーを飲んでいる。

「まあ、どうにかな」

「私としては先生たちとバーベキューをする七村くんの姿も興味があったんだけど」

「体育の準備運動かよ」

「どうせ真白か星ヶ崎さんあたりが助けてくれたんでしょう」

さすがに鋭い。俺が自力で班を組めないことはするっとまるっとお見通しらしい。

すでに花見辻には、白峰が俺と星ヶ崎の会話を聞き、手助けを申し出てきたことも伝えていた。それを聞いた花見辻は「なるほど、あの子らしいわ」と納得していた。

「星ヶ崎さんはグループでの付き合いもありそうだし、きっと真白ね」

「その通りだ。あいつもお節介な性格だよな」

「世話を焼かれなきゃ班も組めないあなたが悪いわよ」

返す言葉もない。下手なこと言ってまたやり込められるのもつまらないので、氷が溶けて薄くなったコーラを飲んではぐらかす。

そんな俺の様子を見て、ふっと花見辻が呟いた。

「星ヶ崎さんと一緒の班になりたかった？」

「は？　なんでアイツの名前が出てくる」

「だって星ヶ崎さんは可愛いし、あなただって満更《まんざら》でもないでしょ。この前だって新品の服で来てたし」

この前ってのは小説を読んでもらった時のことか。できれば忘れたい思い出なんだが。

「っていうか見ただけで新品ってわかんの？」

「まあね。着慣れてない感じがしたし」

マジかよ、そういうのって見ただけでわかるもんなのか。コイツの前ではジャージとか着づらいな。近所のコンビニとか結構よれよれのジャージで行っちゃうんだけど。

「話を戻すけど、星ヶ崎さんっていい子じゃない」

「見かけはちょっと怖いけどな」

「小説の感想だってオブラートに包もうとしてくれてたし」

「包めてなかったけどな」

「だからあなたも、星ヶ崎さんと同じ班になれたら嬉しいだろうと思ったんだけど」

「そんな簡単な話じゃない。俺が入ったら星ヶ崎に迷惑だろうが。そんな状態で楽しめるほど面の皮が厚くないんだよ」

そう。問題は俺の気持ちだけではない。人間関係というのは相手あってのものだ。一方だけが割りを喰う状態が健全な関係だとは言えないだろう。

その点ぼっちなら自分がよければOKだから、相手の気持ちとか考える必要がない。そういうところも楽なんだよな。

「あなたの言うこともわからないわけじゃないけど……」

それでも花見辻は不満そうに頰を膨らませ、もの言いたげな視線でこちらを睨んでくる。

「お前まさか、俺が星ヶ崎に惚れてるとでも思ってるのか」

「違うわけ？」

「当たり前だ。言っておくけど、いくら男子だからってそんな見境なしに女子を好きになるもんじゃないからな？」

そりゃあ可愛い女子の話というのは鉄板で盛り上がる話題だろうが、見た目が可愛いのと実際に告白するとか付き合うとかは別だ。

「そう。別に星ヶ崎さんのことが好きってわけじゃないのね。ふうん」

口の中でなにか呟きながら花見辻がそっと視線を逸《そ》らす。

会話がひと段落したところで、俺はなんの気なしに口を開いた。

「ま、俺も班行動とか苦手だし、普通に途中からぼっち行動してるかもな」

「え」

花見辻は妙にこわばった表情を浮かべ、ストローから口を離す。なんだその反応？

「いや、そんな変な顔することないだろ。だいたい俺が陽キャ連中と一緒に遠足でワイワイやれるわけないし」

「確かにそうかもだけど……」

最悪、班で写真を撮る時のシャッター係になりかねんからな。それは勘弁してほしい。

「それは置いといてだな。遠足の班分けは気まずいのが嫌だけど、ぼっち行動そのものは問題ねえよ。孤独耐性には自信があるからな」

「あなたはそれでいいわけ？」

不満気に口を尖《とが》らせる花見辻。

なぜこいつが嫌そうな顔をするんだ？　別に俺がぼっちでもいいだろ。最近はおひとりさまがブームっぽいし、逆に流行に乗ってると言える。

「遠足ってクラスの友達を固める上で重要なイベントでしょ」

「俺は普通にぼっち確定だろ、この時期になってもロクに話し相手いないし」

「そんな……」

「まあクラスに気が合う奴とかいないし別にいいんだよ。なにもしないで友達ができるならまだしも、自分から積極的に頑張ってまで欲しいと思ってない」

遠足が終われば夏休みまで一か月半。二学期には文化祭もあるが、その準備もぼっちだったら逃げられるしな。精一杯ぐーたら過ごすために、ぼっちのポジションを確立しておくのも悪くない。

そんな風に考えていると、むっつりと黙り込んでいた花見辻が不意に口を開いた。

「……あなたのクラスも島に着いて最初はバーベキュー、次に島内散策っていうスケジュールなのかしら」

「ん？　ああ、確かそんな話だったな」

本土からフェリーで二十分とはいえさすがに離島。漁業体験でも海産物の食べ歩きでもやりたい放題だ。

俺の班はどうするんだったかな、釣りだったか漁業体験だったかが候補になってた気がするが忘れた。まあ、白峰のことだし万事うまくやってるだろう。

記憶を手繰っていると、花見辻が何気ない風でぽつりと呟く。

「じゃあ、私と一緒に回る？」

え、一緒に回る？　なんで花見辻が。そういえば星ヶ崎も似たようなこと言ってたが……。

「どういう冗談だ」

「本気なんだけど？　別に違うクラスだって、散策の時間になったらどこかで待ち合せればいいだけでしょう」

理屈で言えばそうなるが、実際に敢行するとなれば話は別だ。

「バカ言え。お前にも班があるだろ」

「抜ければいいわよ」

「よくない」

「どうして？　私と一緒に回るのが嫌ってこと？」

「そういうわけじゃ……あのな、ぼっち同士がやるならまだわかるぞ？　どうせ自由行動なんだし、お互いに友達がいないなら班を抜けたって大きな問題じゃない。でも片方に友達がいるならそいつが不利益《ふりえき》を被ることになる。さっきも言ってただろ、遠足は友達グループを固めるのに重要だって」

「ぼっちのあなたに言われたくないわね」

「いや、だけどな……」

もちろん俺だって男子の端くれだ。班を抜けて美少女と一緒に島を回るとかなにそれデートかよってテンション上がるに決まってるが、事はそう簡単ではない。

班に居場所がないぼっち同士が示し合わせて二人で回る。それだったら問題ない。しかし花見辻が俺と回ろうとすれば、花見辻はクラスの班を切り捨てなければならない。班の友人たちとの仲に亀裂が入る可能性もある。

だいたい、そうまでして花見辻が俺と回りたい理由はなんだ？　それもわからん。俺は観光ガイドでも食レポ芸人でもないぞ。

「あのな。お前はぼっちが可哀想とか思ってるのかもしれんが、俺はこれで満足してんだよ。変な情けをかけられる方が迷惑だ」

「情けとかじゃなくて」

上目遣《うわめづか》いで睨みつける花見辻が、グラスを握る手に力を入れる。

「私は、あなたにも人生を楽しんでほしい」

口の中が渇いて言葉が出ない。飲み物で間を持たせようかと思ったが、すでにグラスの中は空っぽだ。じわりとした空気が身にまとわりついて、腰が座席から離れそうにない。

今日の花見辻は、踏み込みすぎだ。

最初からわかっていた。

二人の価値観には決定的なズレがある。

俺はぼっちである現状は自ら選び取ったものであり、なにも間違っていないと考えている。

花見辻は高校生活をぼっちで過ごすのは損失であり、友達を作るべきであると考えている。

お互いの価値観が違うのは仕方ない。生まれ持ったもの、環境、これまで歩んだ人生が違うのだから。そう簡単には歩み寄れないし、一瞬でコロッと変わるものを価値観とは呼ばない。

これまでは価値観が違うなりにやり過ごしてきた。お互いの間に引いた無意識の線を越えないよう、慎重にやってきた。

しかし今回の提案は、花見辻が俺のために自分を犠牲にするものだ。これは完全に一線を越えている。

ダメだ。受け入れられない。

「悪いが、その提案には乗れない」

俺ははっきりと口にする。

本来であれば、俺と花見辻の今は存在していない。なんともご都合主義的な展開でこんなことになっているが、俺と花見辻の人生はこうして交わるはずではなかった。

花見辻が俺に関わる理由。そんなもの決まっている。

「罪悪感なら覚えなくていい。最初に決めただろ。俺が花見辻を助けた、花見辻が俺を生き返らせた。これで貸し借りはゼロだ」

こいつは多分、俺に後ろめたさを感じている。自分だけが人生をうまくやっている、と。

だがそれは違う。

花見辻は前回も友達がいたし、俺は前回も友達がいなかった。

今回もそれと同じ道をたどっているだけで、罪悪感を覚えるのはお門違いだ。

数秒の間が空いて、花見辻がふっと小さく息を吐いた。

「そうね、その気持ちが全くなかったとは言わない」

意外にも、花見辻は俺の言葉を肯定した。初手は否定から入るのだと思っていたが。

「でも、それだけじゃなくて……私は、あなたと……」

それきり、花見辻は黙り込んでしまった。

このあとに続くはずだった言葉を聞いてみたいような気もするし、聞いたらもう戻れないような空恐ろしさも感じる。

俺からも口にすべき言葉は見つからず、お互いに視線を合わせないまま時が過ぎる。

口をつぐんだまま一時間くらい経ったように感じたが、実際には数分程度だろう。

静かに息を吐いた花見辻が、かすれた声で呟いた。

「変なこと言ってごめんなさい。遠足で行った先で落ち合うとか現実的じゃないわよね。星ヶ崎さんとか真白の話を聞いて、ちょっとどうかしていたみたい」

「そうなんだろうな」

「悪いけど今日は先に帰るわ。これ、私の分の代金ね」

小銭を置いた花見辻はぎこちない笑みを浮かべ、荷物をまとめて立ち去った。

出入口のドアが閉まった音を確認し、ゆっくりと立ち上がる。空になったグラスを持ってドリンクバーへ向かった。

シュワシュワと立ち上るコーラの炭酸を見つめている間だけ、なにも考えないでいられた。

飲みたくもないコーラに口をつけてため息をつく。

花見辻のことがわからない、そう思った。本当はずっと前からなにもわかっていなかったことに、今日になってようやく気づいたのだ。

花見辻はなぜ俺に関わるのか、なぜ俺と一緒にいるのか、なぜ常に上から目線なのか、なぜ俺に厳しく星ヶ崎に優しいのか、なぜドリンクバーで俺をパシるのか。

もうなにもわからん。

気がつけば遠足はすぐそこに迫っていた。花見辻も同じ島に行くと考えると、どうしても思ってしまう。

……遠足、行きたくねぇー。

第四章 ぼっちの遠足にいい思い出があるわけないんだが？

遠足当日は快晴だった。

どうせなら雨でも降って全部めちゃくちゃになればいいのになーとか不埒《ふらち》なことを考えていたが、天は見事に俺《おれ》の願いをスルーしたらしい。たぶんそれが正解だ。

俺も観念して遠足用のリュックを背負う。教科書や弁当なんかが要らない分、普段の通学と比べてだいぶ軽い。

「お兄ちゃん、今日は早いねー」

玄関で靴を履《は》き替えていると、気配を察したのか皐月《さつき》がとてとてと見送りにやってきた。

中学は遠足でもなんでもないので、まだパジャマ姿である。

「俺たちのクラスが行く島って結構遠いから、集合時間も早いんだよ。遠足なんて近所の動物園とかでいいのにな」

「いや、動物園とか高校からすぐそこだし遠足にならないじゃん。徒歩五分でしょ」

「そっちは植物園の入口だから、動物園までは徒歩十五分だ」

「それでも近いよー」

東谷《ひがしだに》高校のすぐ近所には大きな動植物園がある。東谷高校はホームルームでやることがない時、「しょうがないから動物園にでも行ってクラスの親睦を深めとくか」という恐ろしいノリで動物園に行く。前回の高校生活でも年一くらいで行ってた記憶がある。

今年はまだ行ってないが、いつ先生が「今日はやることないし動物園に行っちゃおう」と言い出すのかと戦々恐々としている。

いいなー動物園、とか独り言《ご》ちていた皐月が、不意に笑みを浮かべる。

「でもお兄ちゃん、遠足に行くなんて勇気あるね。友達いないんでしょ？」

「うるせえ。観測するまで友達がいるかどうか確定しないんだよ」

「それは猫でしょ」

「ぼっちでも遠足くらい行ける。鋼メンタルのぼっち舐《な》めんな」

「お兄ちゃんのことだし半分くらいの確率で休むかと思ってたよ」

直球で失礼なことを言ってくる妹だった。今に始まったことではないが、もう少しくらいお兄ちゃんに優しくしてもいいと思う。

「まー、休んでもよかったんだけどな。現地で使うお金だけ母さんからもらってネカフェに直行するのも乙なもんだし」

「乙ではないし人として最低だよ！　お母さんを騙《だま》すのもダメ！」

本気で怒ってそうな皐月を、冗談冗談と言ってなだめる。

実際には俺だってそんな心苦しい嘘《うそ》はつけない。正々堂々と「やんごとない理由があって遠足は行かない」と宣言し、心置きなく遠足を休むだろう。

「まあ、たまには学校行事に本気を出してみるのも悪くないかなと思ったんだよ」

今回は班分けの時も白峰《しらみね》の世話になったし、他にも俺が楽しめないと困る奴《やつ》もいることだしな。あんまり気乗りはしないけど、一丁頑張りますか。

俺だって本気を出せばクラスメイトと楽しくきゃっきゃうふふな高校生ライフを満喫できるってこと、見せてやるぜ。


ジュウジュウと脂の弾《はじ》ける音が響き、こんがりと焼き上がった肉の香りが潮風に吹かれて鼻をくすぐる。砂浜と防波堤の間に設けられたバーベキュー場にはずらりとコンロや東屋が並び、高校生が歓声を上げながら具材を焼いていた。

俺たちの班が使っている鉄板の上には、肉だけでなくエビや貝などの海鮮、定番のタマネギやピーマンといった野菜が所狭しと並べられている。

「おーい、焼けたぞー」

鉄板の前でトングを持ち、入念に食材の焼き加減をチェックしていた佐川《さがわ》という男子が声をかける。

いるよなー、バーベキューとかやると鉄板にくっついて番人みたいになる奴。他人の分まで焼きたがるとかボランティア精神がすごい。妹からは町内会のゴミ拾いに向いてると言われた俺だが、あいにく奉仕の精神は持ち合わせてなかった。

　佐川の合図に班員たちが紙皿と割りばしを持って鉄板に群がり、きゃーきゃー笑いながら焼けた食材を皿にのせていく。巣箱の小鳥たちに親がエサをあげているシーンを連想した。

　日光が反射して不規則にきらめく海が、俺たちの数十メートル先でざざん、ざざんと寄せては返している。あと一か月もすれば、この砂浜も家族連れやカップルでごった返すのだろう。

　今は名目上バーベキューの時間となっているが、食材を焼いてる奴もいればそこらへんで遊んでる奴もいてかなり自由だ。

　バーベキューそっちのけで波打ち際を走ったり海水に足を浸したりする奴も多いし、お調子者の数人はズボンの裾《すそ》をまくって思いっきり海に突入している。上半身までびしょびしょの男子、帰りのバスはどうするつもりだよ。

　しかしそんな懸念《けねん》も圧倒的若さの前では吹っ飛んでしまうのだ。

　ふぉっふぉっふぉ、青春じゃのう……と若さを懐かしむ謎《なぞ》の老人ぶって青春感満点の光景によるダメージを軽減する。

　ちなみに俺は班のコンロから数メートル離れた木陰《こかげ》に座り、ちびりちびりと紙コップのお茶を飲んでいた。半径数メートルに青春らしさゼロの異常空間が出現している。辛い。

　まあいい、俺って昼飯は静かに食べるのが好きなタイプだし。ぼっちは話し相手もいないし静かに食べるしかないだろってことは言うな。

バーベキュー場はおおまかに俺たちのA組と花見辻《はなみつじ》たちのF組で分けられ、花見辻がどこにいるのかはわからない。

星ヶ崎《ほしがさき》は俺たちから十数メートル離れたあたりで楽しそうにはしゃいでいた。

ぼーっと周囲の光景を眺めていると、ふっと目の前に人影が現れる。白峰だ。だぼっとした白のロンTに黒スキニーというラフな格好で、陽射《ひざ》し避けの黒キャップが似合う。

「七村《ななむら》くん、食べないのかい？　佐川くんが焼いてくれたけど」

白峰は自分のらしい取り皿のほかに、もう一つ取り皿を持っていた。どうやら俺のために取り分けておいてくれたらしい。

「ああ、食べる。ありがとう」

心なしか野菜多めの皿に割りばしを伸ばし、ザクザクとタマネギを食べる。焼き加減めちゃめちゃいいな。サンキュー佐川。

白峰は相変わらず俺の横に立っていて、二人してコンロの方を見つめる格好になる。

「バーベキュー、楽しんでる？」

「楽しんでるように見えるか？」

俺の問いかけに、白峰が長い髪を払ってちらりと俺の顔を見た。

「強いて言うなら夜に地下鉄のベンチでうなだれてるサラリーマンみたいな顔してるよ」

「相当にお疲れのやつじゃねーか」

「違うのかい？」

「いいや、違わない。ぶっちゃけ疲れた……」

俺はこれまでの道のりを思い返し、げんなりとする。

いやホント、遠足という行事を甘く見ていた。前回の高校生活でも体験していたはずなのだが、トラウマ的な記憶に分類されて抑圧されてたっぽい。

まず最初の関門が集合場所。指定されたスポーツセンターの駐車場にだいぶ早く着いてしまった俺は、わいわい楽しそうに話すクラスメイトたちから十数メートルという微妙な距離を保ち、ぽつんと立ちすくんで二十分ほど過ごした。

なにこの、絶妙にクラスの輪に入れてない感！

教室の中で自席に座っている状態は、少なくともクラスの中に存在はしている。だが、クラスメイトたちから一定の距離を空けて一人で立っていると、物理的に正真正銘ぼっちであることが隠しようもなくなってしまう。地味に辛い。

バスに乗り込んだあとも、周囲でトランプやお菓子の食べさせ合いが始まる中、俺はイヤホンを突っ込んで爆睡したフリをしていた。

全っ然眠くなかったので狸寝入り《たぬき》だったけど。

フェリーでも同じタイプの気まずさをたっぷり味わったあと、島に着いてバーベキュー場まで案内されて今に至る。

どちらかといえば座っていた時間の方が長いんだが、精神的疲労がすごい。

家を出る前に今日は一丁頑張ってみるか、なんて気合を入れてみたんだが。すまない皐月、俺には無理だったよ……。

白峰は俺から視線を逸《そ》らし、太陽が我が物顔で居座る青空を見上げた。

「この太陽の下でそんな辛気臭い顔をしてられるの、ある意味才能だね」

「光栄だな。っていうかお前はいいのか。辛気臭い顔の才能がある男の横にいて」

「ほっとくわけにもいかないからね。鉄板から食べたいものを持っていくくらいで誰《だれ》も非難したりしないから、好きに持ってくといいさ。それだけ」

「おう。ありがとな」

ひらっと白峰が手を振り、班員たちの方に戻っていく。

「あー、真白《ましろ》もこれ食べなよ！　すっごく美味《おい》しいから」

「うん、ありがと」

班員は白峰と仲よさそうに話していて、そばでは男子たちが女子に話しかけるタイミングを見計らっている。青春だなー。

今日も班員とは何度か事務的な会話をしたものの、やはり白峰以外には避けられてる感があるし、あまり俺から話しかけるのも悪い。

結局その後、俺は班員の注意がコンロから逸れた瞬間を狙ってヒットアンドアウェイで鉄板から焼けた食べ物をかっさらい、離れた木陰で食べるというルーチンを繰り返した。

微塵《みじん》も働いてないのに食べ物だけ持っていく罪悪感が重く、つい焦《こ》げた肉や残った野菜ばかり取ってしまう。台所で深夜に食料を漁《あさ》る引きこもりの気分だ。

初夏のまばゆい日差《ひざ》しの下、青い海を臨む砂浜でこんな思いをすることになるとは……。

二時間ほどでバーベキューはお開きとなった。さすがに片付けは少し参加して、それから班ごとの行動に移る。

ウチの班はバーベキュー場から少し歩いた海岸でタコ摑《つか》み体験をするらしい。

なんでよりによってタコなんだ。名産なのはわかるが。

「おーい、みんなこっちこっち」

左手にはキラキラと輝く海が広がり、右手に旅館やらホテルやらが立ち並ぶ海沿いの道。その先で班員の女子が大きく手を振っていた。おーい、とか待ってよー、とか声をかける奴もいる。

お前らタコ摑みがそんな嬉《うれ》しいのかとツッコみたくなるが、それは違うと思い直す。

別になんでもいいのだ、タコ摑みでもウナギ摑みでもウニ摑みでも、高校生の今、そういうことをやるのが楽しいのだ。最後のは痛そうだが。

非日常の空間に酔っているのか、どいつもこいつもテンション二割増しって雰囲気。水着イベントでもないのにこんなテンション上がるとか、若さってやつだな。

平日だからそこまでの人出ではないものの、周囲には高校生以外にもちらほらと若者の姿が目立つ。地元民もいるのだろうが、大半は観光客だろう。

夏本番までは間があるとはいえ、すでにうんざりするほど陽射しは強い。高をくって日焼け止めを忘れたことを存分に後悔しつつ、俺は班員たちの最後尾を歩いていた。

「タコ、摑んだことある？」

真横から聞こえた声に驚いて振り向く。いつの間にか白峰が俺の横に並んでいた。

わざわざ歩く速度を落としてくれたようだ。

「残念ながら……いや、よく考えたら残念でもなんでもないけど、ない」

「だろうね。正直私はちょっと怖いな。ヌルっとしてるだろうし」

「してるだろうなあ」

まったく同感だが、青春真っ最中の高校生にとっては、タコのヌルヌル具合にビビるのもいい思い出になるんだろう。

それにしても、白峰にはだいぶ気を使わせてしまっているらしい。

「さっきから色々と悪いな」

「別に、やりたいことやってるだけだから」

「ならいいけどさ」

その時、妙な視線を感じた。顔を上げると、道の先で俺たちを待っている班員たちが、なにかこそこそと話をしながらこっちをうかがっている。

しまったな、ちょっと遅れすぎたか。

俺たちは小走りで前の集団に追いついた。


生《い》け簀《にえ》の中で泳ぐタコは予想通りヌメッとしており、女子たちはぎゃーぎゃー騒いでいた。男子も手にまとわりつく奇妙な感触に顔をしかめている。これが人気とか世間はどうなってるんだ。触手って意外とメジャーな性癖だったりする？

結局、俺たちが悪戦苦闘しながら摑んだタコはあえなく料理人の手にかかり、タコ焼きやら刺身やらで美味しくいただいた。

タコ、さっきは元気に吸盤でくっついてきたというのに……。命の尊さを実感。

その後、釣り体験に向かう移動の途中で土産を見ようって話になり、全員で漁港付近の土産物屋に入った。ずらりと並ぶ干物や佃煮に気圧《けお》され、俺は入口付近で立ち止まる。班の連中は奥の方にあるお菓子やよくわからんキーホルダーなんかを眺めている。

班員たちから少し離れた場所、どちらかと言えば俺に近いあたりで土産物を眺める白峰に目を向ける。

相変わらず真面目《まじめ》な表情を浮かべており、遠足でも委員長然としてるなと感心する。

ここまでの道中、孤立しがちな俺に白峰は何度も話しかけてくれた。こうして気にかけてくれる、その心意気というか思いやりの精神はありがたい。

だが、少し問題でもある。

俺は頭の中で導き出した結論を吟味し、やはりこれで正しいと確信を深める。この答えで間違いないはずだ。

小さく自分に気合いを入れ、そっと白峰の側に近寄る。

「白峰、ちょっといいか」

「どうしたんだい？」

班員から見えない場所で白峰に顔を寄せ、小声でささやいた。

「俺はここで離脱する。あとは達者でやってくれ」

「はあ⁉　いきなり何を……」

大きく目を見開いた白峰に人差し指で静かにするように伝え、俺は淡々と伝える。

「さっきから白峰が色々と話しかけてくれて、とても助かってる。おかげで俺がぼっちという現実を少しだけ忘れられた」

「そりゃよかった」

「だけど、あんまり快く思ってない連中もいるってこと」

ちらりと店の奥に視線を走らせると、白峰も意図を汲み取ったらしい。

「まあ、それはわかるけど」

班員たちは俺と白峰が話している時、明らかにこっちを気にしていた。雰囲気からするに、あまりポジティブな印象は持たれてないらしい。

向こうからすれば白峰は「こっちのもの」であり、星ヶ崎にストーカーまがいの行為をした問題児である俺に白峰が構うのが気に入らないのだろう。

面と向かって言われなくても、そういう空気は伝染する。

「いい加減、潮時だろ」

俺が言うと、白峰はそれでも納得できないように首を振る。

「確かに彼らと君はまだ仲がいいとは言えない。でも、この遠足の間になんとか……」

「そうじゃない。確かに白峰なら俺とアイツらの橋渡しになれるかもしれないが、その過程で白峰の方に不満が溜《た》まりかねないだろ」

そう。連中の不満が俺にだけ向けられているなら大して問題はない。俺がちょっと気まずい思いをするだけで済む。

だが、白峰にその不満が及《およ》ぶのであれば看過できない。

「白峰への不満が溜まらないようにするには、白峰が俺に構わないのが一番だ。だけどお前、そういうの嫌がるだろ」

「まあ、そうだけど」

「だったら俺が班から抜けて単独行動すればいい。元からぼっちだしな、一人で時間を潰《つぶ》すのには慣れてる」

これが俺の答え。この問題を解決するには、これが一番だろう。

「……君が班から離脱するというのも、班長としては見過ごせないな」

「集合時間までには戻ってくるから心配するな」

「そういう問題じゃないよ」

なおも強情な白峰に、俺はため息をつく。まあ、こういう提案をすんなり受け入れるタイプじゃないとはわかってたけど。

白峰の顔を正面から見つめ、俺はこんこんと説得を続ける。

「俺は白峰に感謝してるんだよ。今日ここまで班でやれたのも白峰のおかげだしな。バーベキューもちゃんと食えたし、タコも摑めた」

白峰がいなければ昼飯をフェリー乗り場の売店で済ませる可能性も、もっと言えば遠足自体をサボる可能性だってあったのだ。

「だからこそ、白峰の遠足を俺が台なしにするわけにはいかねーんだよ」

前回の高校生活では、きっと白峰は心置きなく遠足を楽しめたはず。三年前に戻った俺のせいで、本来は楽しかったはずの遠足を苦い思い出に塗り替えるのはダメだ。

「いきなり消えるとみんなも困るだろうから、白峰からうまく伝えておいてくれ。別に失踪《しっそう》するわけじゃなし、ちょっと別行動を取るってだけだ」

「……君は勝手な奴だな」

「ぼっちは独りよがりなんだよ。俺のことはほっとけ」

白峰の脇《わき》をすり抜けて土産物屋を出ようとすると、服の裾を引っ張られる。

「わからないのか？　私にとって遠足の成功は、君も一緒に楽しむことなんだよ」

「そう白峰が言ってくれるだけで十分だ。そうそう。念押しするまでもないけど、うっかり口を滑らせるなよ。例のこと」

クラスメイトと俺を和解させようとした白峰が、うっかり星ヶ崎の秘密を漏《も》らしてしまう。

それだけは避けたい。

「それは約束するけど……」

「持つべきものは話のわかる委員長だな。古事記にも書いてあった」

「また適当なことを」

「小説家志望だからな。適当なこと言うのは得意なんだ」

「君、小説家にだいぶ妙な偏見を持ってないか？」

ジト目で俺を睨《にら》み、さらに一段と低い声で続けた。

「でも、自分が割を喰《く》えばあとは丸く収まる、っていう君の考え方には賛同できないな」

「実際丸く収まるんだからそれでいい」

「それじゃあ君はどうなる？ 私は嫌だ」

「あ……」

直球な言葉に、どうしても答えを返せなかった。

白峰に迷惑をかけないために班から俺が抜ける。ぼっちに慣れている俺としては問題なく、班員たちもきっと歓迎するはずだった。

頭の中では完璧《かんぺき》な解決策だったのに。これしかないと思ったのに。

白峰からたった一言、「嫌だ」と言われただけで間違ったものになってしまう。

なんで白峰といい花見辻といい星ヶ崎といい、俺にこだわってくるんだよ。そもそもコイツらと俺の価値観は違っているのに。どこまで行っても平行線、もしくは衝突しかあり得ないっていうのに。

一瞬、他の解決策を考えてみる。だけど結局、これ以外の方法は見つからなかった。

「……しょうがねーだろ。こういうやり方が一番慣れてるんだよ」

あとは頼んだ、と言い残して俺は白峰の手からそっと逃れる。

「君はバカだよ」

「ああ……きっと白峰が正しいんだろうな」

なにかが間違っている、という感触はある。それでも俺にはこういうやり方しかないのだ。

人と人が関《かか》わる問題である以上、自分の中で考えた完璧な答えでも、相手に受け入れられなければそれは正解ではない。

自分だけの都合で動けば誰かが迷惑を被《こうむ》る。不快に思う。ボタンを掛け違える。

めんどくさいな、と思ってしまう俺は薄情なのか、それとも根っから人付き合いが向いてないのか。

たぶんどっちも。

今度はもう、白峰はなにも言わない。俺は振り向かないまま建物を出た。

日光がじりじりと肌を焼き、海のきらめきが目にうっとうしい。腐った潮の臭いがツンと鼻をつく。どこからか聞こえてくるはしゃいだ笑い声が、幻聴のように風に掻《か》き消される。

とりあえず町の方にでも行ってみるかと考え、ぶらりと歩き始めた。

◆

海沿いから島の中央部にかけてはなだらかな上り坂になっており、数分ほど歩けば人家や商店、公共施設なんかが密集した地域に出る。住宅街の中を道が通っている地元と違い、道に沿って町並みが形成されている風景が新鮮だ。

遠くには学校らしい建物も姿をのぞかせていて、そうか離島にも学生はいるんだよな、なんて当たり前のことに今さら気づく。俺の知らない場所で俺の知らない大勢の人生が存在している、そんな当たり前のことが少し寂《さび》しい。変な話だ。ぼっちの俺は、人と出会わないことなんか慣れっこなのに。

　誰かと出会ったら面倒だ。なにかと気を使わなきゃいけないし、いつか傷ついてお互いに嫌な思いを抱えたまま別れることになる。だったら最初から出会わない方がマシだ。

　頭を切り替えて、配布された『遠足のしおり』を見る。

　海沿いを歩いていれば顔見知りに見つかる可能性があるし、先生に見つかって「班はどうした？」と聞かれても困る。ここはなるべく高校生が寄りつかなさそうな島の史跡巡りでもして、フェリーの出航まで時間を潰すとするか。

　他の生徒たちが遊んでいる間、デキる男はこうして学を修めてコーナーで差をつけるのだ。遠足で学は修めなくていい気もするけど。


　その後、俺は地図と景色を見比べながら歩き、古いお寺や山の中腹にある石垣、大きな祠《ほこら》、タコの石像が鎮座している神社などを巡った。

　思った通り高校の連中と鉢合わせることはなく、至って平和だった。

　歩き通しで疲れてきたので島の中心部に戻った。ここら辺にはいくつか土産物屋もあるから、遠目にチラホラと高校生や観光客の姿が見える。

　まあ、堂々としていれば咎《とが》められることもないだろう。昔から気配を消すことには定評がある。バスの中でも完璧なステルス性を発揮していたし、その内どっかの軍も俺のステルス性を応用した戦闘機とか作るかもしれない。

ようやく道の脇に古ぼけた商店、というか駄菓子屋を見つけた。コーラを買って店の前のベンチに腰を下ろし、ぼーっとしたまま喉《のど》に炭酸を流し込む。

くはーっとひと息つき、スマホで時間を確認する。

まだフェリーの時間まではだいぶあるな……史跡巡りも悪くはないが、いい加減ゆったり座ってのんびりしたい。

この島、ファミレスとかないんだよな。ドリンクバーが恋しい。

ぼんやり駄菓子の品ぞろえなんかを眺めていると、誰かが近づいてくる気配がした。先生だったらどう言い訳しよう、と思いつつ強情に顔を背《そむ》けていると、ガッッ、と脛《すね》に衝撃。

「いってぇ！」

いきなり蹴《け》られた。先生じゃなくてヤンキーだったか⁉

慌てて前を向くと、そこには不機嫌そうな表情を浮かべた美少女の姿。

デニムのホットパンツに涼しそうなノースリーブのパーカーを着て、肩口からストライプのインナーがのぞいている。夏っぽい風景に露出多めな私服の美少女、思わず見惚《みほ》れてしまう組み合わせだが、そんな場合ではない。

いま会いたくない相手ランキング堂々一位の人間が目の前にいた。

「お前、なんでここに」

「私のセリフよ。真白たちはどうしたの」

冷えた視線を向けてくる花見辻が、胃の底まで凍えるような低い声音《こわね》で聞いてくる。

周囲に班の連中らしい生徒はいない。なんでコイツが一人でいるんだ？

脳内でため息をつき、人の多い場所に来るのは失敗だったかな、と思った。

駄菓子屋でコーラを買った花見辻が、俺の横に座って乱暴にキャップを開けた。そういえばこいつがコーラを飲むところ、初めて見る気がする。

「花見辻、コーラとか飲むのか」

「別に好きじゃないけど」

好きじゃないなら買うなよ、と思いつつ黙ってコーラを飲む花見辻の横顔をうかがう。端正な顔の裏に隠せない苛立《いらだ》ちが見える。

どう見ても怒ってるよなぁ……。

周囲に高校生らしき姿が見当たらないことを確認し、俺は口を開く。

「花見辻はどうしてここにいるんだよ。班は？」

「一人でぼーっとしてるあなたの姿が見えたから、ちょっと用事ができたからごめん、って伝えて抜けてきた」

「ええ……」

さすがにドン引きしてしまった。そこまでするか普通？

シチュエーションによっては嬉しい言葉だったかもしれないが、隣の花見辻はめちゃくちゃ不機嫌そうだしとても喜べない。俺のせいで花見辻の予定を壊してしまった、というのも罪悪感がすごい。くそ、俺のステルス性、全然ダメじゃねえか。

「なんで真白たちと一緒にいないの」

「俺が班にいると世話を焼いてくるんだよ。ありがたいけどアイツの迷惑になる」

「なるほどね」

細部まで言わずとも花見辻は概《おおむ》ねの経緯を了解したらしい。俺もつらつら説明するのが面倒だったし、話が早くて助かる。

「白峰も損する性格だな」

「七村くんもでしょ」

「そうでもない。損するなりの理由があるからな。人間性とか社会性とか対人能力とか日々の行動とか前世の業とか」

「心当たりがありすぎでしょ」

しれーっとした目で俺を見つめる花見辻から視線を逸《そ》らし、コーラに口をつける。

屋外のベンチだけど丁度日陰になっているし、風もまだ涼しさを感じる季節だ。冷えたコーラもあるし、割と過ごしやすい。

「……でもやっぱり、私はあなたが損をすればいいと思えない」

ぽつりと花見辻が呟《つぶや》き、カツッ、と靴のつま先で地面を蹴る。

俺は視線を遠くに飛ばして小さくため息をつく。

「別に損だけってわけでもない。筋金入りのぼっちには団体行動よりも一人行動の方が向いてるんだよな。団体旅行より一人旅の方が好きな人っているだろ？　我が道を往く一匹狼《いっぴきおおかみ》タイプってやつ」

「ぼっちをカッコよさげに言う技術だけは高いのね」

「それに白峰が遠足を楽しめるなら別にいいかなって。俺って博愛主義者なんだよ」

「なにが博愛主義者よ。あなたは周りの人の気持ちなんてなにも考えてないじゃない。私がどういう気持ちでいるのかも……」

憤然とした口調で言いかけた花見辻が、不意に口をつぐむ。

周りの人、という言葉に胸がざわついた。

なんだよそれ。ぼっちがそんなこと言われてもわかんねえよ。

確かに俺は、周囲の人間がどういう気持ちかなんて、あまり考えたことがない。ぼっちは対人経験も少ないし、考えたってわからないものはわからない。

深読みして考えすぎて勘違いして、変に期待してあとで失望するのは自分だ。

だったら最初から面倒なことは考えない方がいい。変にぼっち脱却を目指して微妙な知り合いを増やすより、初めから人間関係を諦めた方が楽なように。

「とにかく今の俺はこれで満足してる。花見辻に口出しされる筋合いはない。母さんの方がよっぽど放任主義だぞ」

「それで満足って、本気なわけ？　友達もいない、クラスでも立場がない、そんな高校生活でいいって本当に思ってる？」

この物言いには俺もイラついた。ぼっちは自虐する分には問題ないが、人から指摘されるとそれはそれで傷つくのだ。ガラス細工みたいに丁重に扱ってほしい。

「俺は花見辻みたいにバーベキューしながら歌って踊りたいみたいな欲求がねえんだよ」

「私だってバーベキューしながら歌って踊りたくはないわよ！　どっから湧《わ》いてきたの、その謎のイメージは」

こほんと咳払《せきばら》いし、俺はごまかすように言葉を続ける。

「でも、お前に口出しされる筋合いがないってのは本気だ。だいたいなんで俺に構うんだ」

苛立ちがそのまま口を衝《つ》いて出てしまう。俺が花見辻に対して苛立っているのか、それとも自分自身に苛立っているのかは判然としない。

ゴンッ、と音を立てて、花見辻がコーラのペットボトルをベンチに置いた。体をズラし、俺にぐぐっと身を寄せる。

ここまで漂ってくる潮の匂《にお》いに、花見辻から漂う甘やかな香りが混ざり合う。

「私は、この世界であなたと関わりたい。あなたを三年前、つまり今の世界に引っ張り込んだのは私よ。私にはあなたに関わる責任がある」

この前、花見辻が二人で遠足を回ろうと提案してきたのを思い出す。図らずも今、似たような状況に陥《おちい》ってることに苦笑したくなった。一つ大きく息を吸って言葉を吐く。

「お前は責任がどうとか言うけど、俺の人生の責任は俺にしか取れねーだろ。お前に責任とか取れるわけがない」

「そうかもしれないけど」

「今日のところはさっさと班に戻れ、みんな心配してるぞ」

「私の班の人、誰も知らないでしょう」

「お前が友達連中と仲よくやってることくらいわかる。こっちはぼっちなりになんとかやってんのに、お前に邪魔されると迷惑なんだよ。早く班に戻れって」

「迷惑ってそんな……」

花見辻が唇をかむ。少し言いすぎたかと思ったがもう遅い。言いすぎついでに心を決める。

ここで、全部終わらせよう。

「花見辻も気がついてるだろ？　俺たちって根本的な価値観が違うんだよ」

ちょっと言葉を切り、小さく息を吸ってから感情をこめずに吐き出す。

「どうせまたぶつかるに決まってる。だからもう、下手に関わるのは止めないか」

これが俺の出した答えだ。

本来ならもっと早く言うべきだった。今までずっと結論を先送りしてきたのは、俺が臆病《おくびょう》だったから。

たぶん、あの放課後のファミレスで過ごすぬるま湯みたいな時間が心地よかったのだ。

でも俺は、花見辻を解放しなくてはならない。

「もうファミレスで会ったりしないし、相手の交友関係にも口を出さない。って、俺には交友関係とかほぼないけどな」

「……七村くんはそれが正しいと思っているのね」

「ああ。価値観が違う人間が一緒にいたらどこかで衝突するし話し合いも平行線だし、お互いに辛いだけだ。まーこれからもさ、学校外で偶然会ったら会釈《えしゃく》くらいはしてくれよ。そうしたらぼっち気分も紛《まぎ》れるしな」

後半は無理に軽い口調で言った。別れなんて生きてれば何度も繰り返すもので、いちいち深刻になってたらキリがない。適当にへらっと笑って済ませられればそれが一番。

さよならだけが人生だ、って昔の偉い人も言ってたし。

「私は……」

言葉を途切れさせた花見辻は顔をうつむけて、膝《ひざ》の上で握りしめた拳《こぶし》を見つめる。

頼むからなにも起きるな、と願う。すんなり受け入れてくれ。それで全《すべ》てが解決するんだ。

こう考えること自体が、たぶんうまくいかないだろうと予感していたことの、なによりの証拠だったのに。俺はそれに気づかないフリをした。

もちろん、そんな願いは通じなかった。

わずかに開いた花見辻の唇から、小さな呟きが漏れる。

「……三年前に戻らなきゃよかった」

「え？」

それってどういう意味だ？　と聞こうとする前に、花見辻はすっと立ち上がる。

「ごめんなさい。私、あなたに勝手な価値観と期待を押しつけてたのね。それで勝手に失望して、本当にバカみたい」

逆光で見づらかったけれど、その顔はこれまでに見たことがない、ぎこちない笑顔で。

胸の奥がざわざわと騒ぐ。ひょっとして俺は、また。

「いや、バカってわけではねえだろ……それを言うなら俺だってバカだったわけで」

口から出る言葉には説得力も覇気もない。ただその場をなんとか繕おうとしただけ。

「もうあなたには関わらないから。ごめんなさい」

「いや、なんで花見辻が謝るんだよ」

「本当にごめんなさい……許してとは言えないわね」

痛々しい笑みが引きつったように歪《ゆが》む。違う、そんな顔をさせたかったわけじゃ。

「さよなら」

細い背中を向けた花見辻に、思わず俺は手を伸ばしかける。

「花見辻」

そのまま俺の言葉に振り向くこともなく、花見辻は駆け出してしまった。呆然《ぼうぜん》とする俺の隣には、飲みかけのコーラがぽつんと残されていた。

◆

花見辻が走り去ってから数分が経《た》っても、俺はベンチから腰を上げられずにいた。

さっきのやり取りを思い出す。

清々した、という気持ちがないと言えば嘘になる。俺には人間関係なんか向いてないって、最初からわかっていた。誰かと関わるのは身に余る重荷だ。

これで一件落着。

俺は花見辻に煩《わずら》わされることもなく、花見辻も俺に関わって迷惑を被ることはない。

……そのはずなのに。なんだこの気持ちは。

俺と花見辻がぶつかってしまうのは、お互いの価値観が違うからだ。だから意見が食い違うし、話し合いは平行線をたどる。俺たちが一緒にいたところでどうにもならない。そう思って俺は距離を置こうとした。これは後ろ向きな提案じゃなく、お互いにとって前向きな解決策だったはず。少なくとも頭の中では完璧な答えだった。

でも、花見辻の痛々しい笑顔を目にして、俺は間違えたのだと痛感した。

まただ。自分の中では正解だったはずなのに、誰かが関わると間違いになる。

ぼっちの俺には、そこの力学がわからない。いや、ひょっとすると皆もそんなものはわかっていなくて、それでもどうにか乗り越えているのだろうか。ぼっちには難しすぎる。

もう一度、花見辻のことを考えた。

前回の高校生活では会話なんてなかったし、花見辻も俺のことなんか気にも留めていなかっただろう。でも、あの日トラックに撥《は》ねられそうなあいつを突き飛ばし、なぜか二人で三年前《いま》にタイムリープして全てが変わった。

入学式のあとに花見辻が俺の手を握って泣きだしたこと。神社で一緒にお参りして脚が痺《しび》れたこと。俺がぼっちなのを見咎められて廊下で詰問されたこと。ファミレスで友達作りの作戦会議やくだらない雑談をしたこと。星ヶ崎の一件でなにか言われかけたこと。あれでも実は自信作だった小説を酷評されたこと。遠足を一緒に回ろうと提案されて拒絶したこと。

さっき俺に、傷ついた心を隠そうとして笑ったこと。

ああ、まったくバカか俺は。

そこまで考えてようやく気づいた。

俺はもう、花見辻と出会っていたのだ。

別れが苦しくなってしまうほど決定的に。

今さらなかったことになんて、できるわけがない。

前回の高校生活では本当の意味で誰かと出会うことすらなかった。だから別れを惜しむこともなく、その痛みも知らなかった。そのせいで今回、俺とは性格も価値観もなにもかも違う一人の女の子と出会っていたことに、別れて傷つくまで気づけなかったのだ。去っていく花見辻の背中を見て抱いた感情は、今になって後悔だったと気づいた。

あまりの愚かさに苦笑する。

価値観が合わないなら決別した方がお互いのためだと、どちらも傷つかずに済むのだと思っていた。

でも違うんだ。

俺と花見辻はもう、決定的に出会っていて、今さら全てをなかったことにはできなくて。別れに痛みが伴う関係に、とっくになってしまっていた。

適当なところで「完結」タグを付けて終わった気になれるのは投稿サイトの小説だけだ。でも人間同士の関係はそうじゃない。相手は生身の人間なんだから。

さよならだけが人生だ、なんて言葉の通り、誰かと別れることなんて珍しくもない。

花見辻との別れだって、数ある別れの一つに過ぎない。

でも、本当にさよならだけが人生ならば、出会った人ともいつかお別れするしかないのなら、生きることがさよならの積み重ねだと言うのなら。

せめてお別れくらいは綺麗《きれい》にするべきだ。

「これで終わりにはできない、か」

やれやれとため息をついて立ち上がり、陽射しにうんざりして目を細めた。いや、うんざりしたのは太陽の眩《まぶ》しさではなく、自分自身に対してかもしれない。俺はそれなりに自分のことが気に入っているが、たまには嫌になることもある。

たとえば、たった七文字の「このままは嫌だ」という結論にたどりつくまで、こんな回り道をした時なんかは特に。

飲み干した自分のペットボトルをゴミ箱に捨て、花見辻が置いていったペットボトルを拾い上げる。半分以上残っているところを見ると、コーラが好きじゃないと言ったのは本当なのだろう。

俺が飲むわけにもいかず、さりとて置いていくわけにもいかず。とりあえずペットボトルを手にしたまま、花見辻が去っていった方向に歩き出した。

陽に照らされながら早足に歩き続けると、観光客の姿がちらほらと増えてきた。ここら辺は漁港の裏手に当たるようだ。

道なりに歩けばそのうち見つかるだろうと考えていたが、意外にも建物が密集していて見通しも悪い。あてずっぽうに歩いても遭遇できないかもしれない。

どうしたものかと思っていると、遠くに見覚えのある金髪が揺れた。

星ヶ崎だ。

そうだ、自分一人で探すだけじゃなくて星ヶ崎にも花見辻のことを聞くべきだろ。なんでこの発想が出てこなかったんだろう。あ、はい、ぼっちだからですね。

数少ない連絡先の中から星ヶ崎を選び、ＬＥＩＮを送る。

『いきなり悪い　花見辻を見なかったか』

『え、どうしたの?』

班行動の最中のはずだが、数十秒で返事があった。

『お前たちの班、漁港の裏あたりにいるよな』『花見辻がそっちの方に行ったんだが』

『え?』『近くにいる?』

居場所を当てられてびっくりしたのか、星ヶ崎がキョロキョロと周囲を見回す。しばらくして俺の方に気がついたようで、小さく手を振ってきた。

『こっち来なくていい　班から離れるのはマズいだろ』

『いや七村はどうしたの！　班とはぐれた？　迷子?』

スマホとこっちで視線を往復させながら、星ヶ崎が聞いてくる。迷子ってなんだよ子どもかよ。どっちかというと俺があえて離れたんだけど……説明が難しいので今はパスだ。

『そんなところだ　それより花見辻を見なかったか？　ここ数分で』

『それっぽい人はさっき見たけど』『でも遠目だったし制服じゃないから自信ない』

ビンゴだ。興奮で震える指を押さえつつ、星ヶ崎への返信を送る。

『どこらへんで見た？』

『干物屋っぽい店の横の道』

慌てて周囲を探すと、遠くの方に庇《ひさし》の下に干物を大量にぶら下げた商店が見えた。脇道《わきみち》は山の方に延びているらしい。

『本当に空《そら》ちゃんかどうかわかんないけど』『班の人と一緒にいないっぽかったし』

その後も立て続けにこんなメッセージが届き、その人影が花見辻だったと確信する。なんだよアイツ、まだ班に合流してないのか？

『でもなんで空ちゃん？』『七村は委員長の班だよね？』

『いろいろ事情があってな』

『事情ってなに』

『気にするな　遠足楽しんでくれ』

遠くの星ヶ崎に両手を合わせて駆け出す。干物屋の脇道に踏み込むと、そこにもちらほらと商店があった。観光客らしい姿は表通りよりも少なく、どこか隔絶された印象を受ける。

キョロキョロと周囲をうかがい、花見辻の服装を探しながら脇道を歩く。十数メートル入ったあたりで左手に小さな路地があることに気づく。念のため路地をのぞいてみると、そこにはゲーセンかドンキの前でたむろってそうな柄の悪い男たちの後ろ姿が見えた。

君子危うきに近寄らずを金科玉条にする俺は反射的に回れ右しそうになったが、その奥に見覚えのある顔を見つける。嫌な予感は的中、花見辻だ。

よりによってなんでヤバそうな連中と一緒にいるんだよ！

思わず心の中で叫ぶが、いや待てよ、と思い直す。

賢い花見辻のことだ。そう簡単に不良にエンカウントして路地裏に連れ込まれるとか、そんな迂闊《うかつ》なことはしないだろう。

きっとあれには深い理由があるに違いない。多分アイツらも実は不良でもなんでもないとかそういうオチだろう。いやー、見た目で人を判断してはいけないってことですね、勉強になります。不良を見るとすぐにピンチを連想しちゃうラノベ脳も困りもんだな。

そんなことを思っていると、路地の奥から怒鳴り声が聞こえた。

「おいなんとか言えやコラ！」

「おめー俺らのことナメとんのか！」

はいアウトー！　完全に不良ですありがとうございました。もう泣きたい。

あーくそ、マジで逃げたい。いやわかるよ？　これで逃げるとかヘタれもいいとこだし人間としてマズいし石投げられても仕方ないけど、それでも怖いもんは怖い。ケンカとか真面目にしたことないし。でも。

ここで逃げるという選択肢が間違ってることだけは、俺にもわかったのだ。

息を吸いこんで一歩、前に出た。

「おい！　お前らなにやってんだよ！」

大きめの声で呼びかけると男たちが振り返った。

「なんだテメー関係ねーだろ」

「うるせえ！　俺だってオメーらみたいなヤンキーに興味ねーよ」

不良にすごまれるとかそれだけで泣きたくなったが、俺はあえて男たちに近づいて虚勢を張り続ける。ひたすら挑発して気を引きつけて、あとは野となれ山となれだ。声をかけてしまった時点で、もう引き返すという選択肢はなくなっている。

顔を上げた花見辻が目を見開いた。「どうしてここに」とでも言いたげな表情。

歩いて近づきながら花見辻に黙ってろ、と視線で伝える。二人の男も顔をゆがませてこちらへ歩いてきた。

「おいクソガキてめーナメた口利《き》いてんじゃねえぞコラ」

「お前ホンマ誰に口利いてっかわかってんのかコラ」

なぜか顔を左右にゆらゆら揺らしながらすごんでくる。なんだこいつら首がすわってねーのかよ。生後間もない赤ちゃんか。

「誰に口利いてるとかわかるわけねーだろ！　お前ら初対面なんだから知るわけねーだろ！」

両拳をギュッと握り締めてファイティングポーズ。もうちょっとだ、もうちょっとコイツらを俺の方にひきつける。それまで我慢だ。

「マジお前ふざけんなよ」

ついに我慢の限界を迎えたのか、二人組が一斉に俺の方に踏み出してきた。

俺はそいつらに向かっていく……と見せかけて背中を向けて全力で逃走。

路地の入口までダッシュで戻る。

「こっち来いやクソガキ！」

「おいテメえ逃げんなコラァ！」

「うっせーバカ逃げるよそりゃ！」

背中越しに言い返し、路地の入口にたどりついたところで振り向く。

男たちとの距離を確認し、スッと大きく息を吸う。

「うわわああああああ！！！　誰か助けてくれええええええええ！！！　犯されるううううう！！！　いややあああああああ！！！」

思いっっっっきり叫んだ。

たぶん人生で一番、「ちょっと男子ー！　ちゃんと歌いなさいよー！」って女子が怒ってクラス崩壊の危機に発展した小学校の合唱コンクールよりもよっぽど大声で叫んだ。なんで女子は合唱にそこまで人生を懸けるんだ。シスターがノリノリでゴスペル歌ってるあの映画でも観《み》たのかな？

俺の行動が予想外だったのか、男たちは一瞬だけポカンとした表情になる。だがすぐに元のいかつい表情を取り戻し、

「ああ⁉」

「なんだテメエ適当言っとんなよ！」

と言いながら詰め寄ってくる。だが、俺は叫ぶのを止めない。

「助けてええええ！！！　俺の貞操が危ない！！！　いやあああああ！！！」

人気《ひとけ》のない路地とはいえ、せいぜい表通りから十数メートル。俺の大声を耳にした人々が、なんだなんだとこちらに顔をのぞかせていた。中には興味深そうな顔をして路地の方まで歩いてくる人もいる。

一気に衆人環視の状態になり、男たちもさすがに躊躇したようだ。

「お、犯すわけねえだろバカ！」

「なんだこいつ頭おかしいんじゃねえの」

文句を言い散らしているものの、大勢に見られている状況が自制させたのだろう。男たちは俺の肩を突き飛ばしてから、怒ったような足取りで脇道の奥へ逃げていった。最悪少しは殴られることも覚悟していたが、殴られないに越したことはない。

ざわざわと喧騒が残る中、俺は路地の中ほどでたたずんでいた花見辻の手首を掴み、引っ張るようにして歩き出した。

「いやほんとマジですんませんお騒がせしましたごめんなさい申し訳ない」

ごにょごにょと言い訳めいたことを口にしながら俺たちは人だかりをすり抜けて、表通りのなるべく人が多い場所を目指して突っ切る。

「な、七村くん」

「いいから今はついて来い」

背後の花見辻の声にも振り向かず、俺はコンクリート造りの観光センターの自動ドアを抜けた。入口脇にある階段で二階に上がる。二階は土産物屋や観光案内所も兼ねていて、それなりの人がいるようだ。ここならさすがに大丈夫だろう。ふーっと息を吐いて足を止める。

グイッと服の裾が引っ張られて振り向くと、頬《ほお》を赤く染めた花見辻が戸惑ったように視線をさまよわせていた。

「なんだ？」

「い、痛いんだけど、手首」

「っ！　悪い、つい……」

慌ててパッと手を放し、手のひらをごしごしとズボンで拭《ぬぐ》う。やっべー、めっちゃ手汗掻いてるし超気持ち悪かったよな。耳が赤くなってるのが自分でもわかる。忘れたい記憶が増えるなあもう！

だが、花見辻は怒った様子もなく、軽く手首をさすりながらぼそっと答える。

「いや、別にいいんだけど」

「そうか……あ、喉渇いたな。ジュースとか飲むか。花見辻の分も奢るから」

「え？　なんで？」

俺としては気を利かせたつもりだったが、花見辻は戸惑った表情をしている。ダメだ、テンションがおかしくてやることなすこと裏目に出る。でも自分の喉がカラカラなのは事実だったので、財布を取り出して自販機の前に立った。

そういえば花見辻のペットボトル、路地のあたりで落としちゃったな。置いていったものだし花見辻は怒らないだろうが、ゴミを放置してきたというのが申し訳ない。だがもう一遍あの路地に行く勇気はなかった。ヤンキー怖いし。

考え事をしながら百円玉を入れようとしたが、なかなか入ってくれない。

おかしいな、小さすぎるんじゃねーの小銭の投入口……と思っていたら、隣に立った花見辻が小さな声で言った。

「手、震えすぎ」

「あ……」

小銭が入らないのは俺の手が震えていたからだった。そりゃ入んねーよな恥ずかしい。

「いや、これは不良にビビッたとかそういうアレじゃなくてだな、来《きた》るべき戦いを前に武者震いしてるっていうか」

「これからなんの戦いがあるっていうのよ。貸して」

「お、おう……」

俺の言い訳をあっさり切り捨て、代わって花見辻が小銭を入れてくれた。チャリンチャリン、と小気味いい音が鳴る。

「コーラでいい？」

「あー、うん。頼む。花見辻も好きなの買っていいぞ」

「ありがとう。お言葉に甘えるわ」

花見辻と隣り合って近くにあったベンチに座り、黙ってコーラに口をつける。花見辻はなにを飲んでるのかと思ったら無糖の紅茶だった。

喉を潤したらようやく落ち着いてきた。

あー怖かった……いや別に怖くはなかったけど、マジで。怖くはなかったけどまあ命の危険

TEA

を感じたよね。辞世の句とか用意しとけばよかったなと思った。

「さっき、すごく手が震えてたわね。私のおじいちゃんよりもよっぽど酷いわよ」

「それはもう言うな」

「手汗もすごかったわ」

「すまん……」

「それにさっきの叫びはなに？　とても恥ずかしかったんだけど」

「仕方ねーだろ、戦って勝てると思うか？」

ラノベで学習できる窮地を切り抜ける方法なんてあれくらいだ。たまに普通に戦っても強い主人公とかいるけど、俺には無理な話である。

「一瞬だけファイティングポーズを取った時は、格闘技経験でもあるのかと思ったのに」

「自慢じゃないが俺は運動も苦手だし妹以外とはケンカもしたことないしなんなら妹によく負けてたしな。本気出したって小学六年生に勝てるかどうか怪しいレベルだぞ。向こうが本気なら小四相手でもギリ負けるかもしれん」

「本当に自慢にならないわね……でも」

呆《あき》れたようにため息をついた花見辻が、両手を太ももの上で揃《そろ》えてこっちに体を向ける。それに釣られて俺の背筋も伸びてしまう。

花見辻の長いまつげが震え、綺麗な鼻のラインの下で形のいい唇が開く。

「さっきは本当にありがとう。おかげで助かったわ」

「お、おう……まあなんだ。アレは成り行きというかなんというか。その場のノリでやっただけだしな。ぶっちゃけヤンキーとか見えた時、回れ右して見なかったことにして帰ろうとか思ったレベルだし。俺が逃げ遅れてラッキーだったな花見辻」

「七村くん、正面からお礼を受け止められないわけ？」

ジト目で花見辻が睨んでくるが、もうこれはしょうがない。十八年以上もこの性格で生きてきたわけだし、今さら変えられないのだ。

「まあいいわ。それでも助けてくれるのが、あなたなんだもの」

「……なんだか過大評価されてる気がする」

「たぶん、あそこで絡《から》まれてるのが星ヶ崎さんでも真白でも同じことをしたはずよ。あなたは認めないでしょうけどね」

果たしてどうだろうか。もし星ヶ崎が絡まれていたのだとしたら……いや、これは無駄な仮定だ。結局のところ、起きていない出来事は肯定も否定もできないのだから。

「そういえば七村くんこそ、なんであそこにいたの？　私を探してたわけ？」

言われて思い出す。危ねえ、不良のせいで肝心なことを忘れるところだった。なんとなく助けた流れで大団円、なんて決着でもよかったかもしれないが、それでは駄目なのだ。

「ああ、そうだった。お前に言いたいことがあって」

口を開きかけてちょっと口ごもる。ついさっき自分が言ったことを即撤回するのだ。言いづらさが半端《はんぱ》じゃない。

それでも、これは俺が言わなきゃいけないことだ。

「……さっきの話についてもう一度考えたんだ。価値観が違うから、俺と花見辻は一緒にいるべきじゃないって言った」

「……うん」

「俺とお前の価値観が食い違ってるのは確かで、今後も一緒にいればぶつかったり口論したりするかもしれない。っていうか、たぶんする」

うつむきがちの花見辻が俺の顔を見上げてくる。話の先が見えないという感じだ。

ごくりと唾《つば》を飲んで、ゆっくりと言葉を続ける。

「でも、俺はもう花見辻と出会ってたんだ。出会って、知り合って、関わり合って。そんな相手と別れると心が痛いって、さっき初めて思い知った。一度作った関係を価値観が違うってだけの理由で解消するのは、きっと間違ってる……んだと、思う」

「微妙に煮え切らない語尾なんだけど」

じとーっとした視線を感じ、俺はごまかすように髪を掻き回《まわ》す。

「悪い。俺も正解かどうかなんてわからねーんだよ」

本当に、なにが人間関係の正解なのかなんてわからない。でも、わからないなりに、正しいと思う選択肢を探し続けるしかないのだ。

たとえそれが、間違い続けるのと表裏一体だとしても。

「でも、今の俺は花見辻と決裂したままだと後悔すると思った。それくらい花見辻と深く出会ってたんだって、ようやく気づいた」

そう言って両手を膝の上に置き、花見辻に向けて頭を下げた。

「さっきは悪かった。冷静じゃなかったし言いすぎた。あの時は花見辻と離れるのが正解だと思ってたけど、今は違うと思ってる。花見辻がよければだけど……また、ファミレスでぐだぐだ雑談でもしてくれないか？」

妙な言い方だが、今の俺たちは「ファミレスでぐだぐだする関係」でしかないから。

価値観が違っても、一緒に居続けることはできる。ぶつかり続けることができる。

今の俺は、花見辻との別れを望んでいない。

納得できない別れよりも、価値観の違いでぶつかり続ける方がいいと思っている。

それでいつの日か綺麗な別れにたどりつくこともあるだろうし、別の答えが見つかるのかもしれない。

これが俺の、現時点での限りなく正解に近い気持ちだった。

「……仕方ないわね。こっちも似たことを考えてたから」

顔を上げると花見辻がはにかんだように笑って、前髪を指で払った。

「私にとっても、やっぱり七村くんは特別な人だから。これからもよろしく」

「お、おう。ふ、ふつつかものですがよろしく……お願いします」

「その言い方は違うでしょ」

ふーっ、とため息をつく。これでひとまず、花見辻を追いかけた甲斐《かい》はあった。

「それにしても、随分と恥ずかしいこと言ってくれるのね」

「うるせえ。あー疲れた。全く、ヤンキーを見た時はどうしようかと……って。お前こそなんでヤンキーに絡まれてたんだよ。ビビったぞ」

「あ、あー。あれはその……あなたと別れた後、考え事しながら歩いてたらぶつかって。もちろん謝ったけど、声が小さいとかなんとか言われて、それであそこまで連れ込まれたの」

視線をうろちょろとさまよわせる花見辻。なにかを隠しているみたいだ。

「その前に大声出せばよかったろ。俺がやったみたいに」

「怖くて声なんか出なかったのよ……なにその顔」

「いや、花見辻も怖いとかあるんだなって」

「バカにしてるでしょ」

「お前が思ってるほどはしてない」

「本っ当にデリカシーがないわね！」

ぼす、と肩パンを入れてくる花見辻。手加減をしているのだろう、別に痛くはない。

「ちなみに、さっきの考え事ってなんだ？」

そう尋ねると、花見辻はうう、と呻《うめ》いて頰を赤らめた。なんだこの珍しい反応は？　なんて思っていると、やがて観念したような表情で答える。

「あれは……七村くんのこと。小説のことだったり、星ヶ崎さんを助けたことだったり、ぼっちを貫く理由だったり」

なんでそんなことを？　困惑でなにも言えずにいる俺に、花見辻が顔を近づけた。

「前に、なぜ事故の前日じゃなくて三年前に戻ったのかって聞いたでしょう」

「あー、そんなことあったな。結局あれは神のみぞ知るってことになったけど」

「あれは嘘」

「え？」

「三年前に戻ったのは偶然じゃなくて、私がそう頼んだのよ。『七村くんと一緒に、最初から高校生活をやり直させてください』って」

しばらくの間、花見辻の言葉を反芻《はんすう》した。そういえば駄菓子屋の前で「三年前に戻らなきゃよかった」とか言ってた気がするが、こういうことか。だが理由がわからん。

「なんで俺と高校生活をやり直す必要があったんだよ」

「……事故に遭ったあと、すごく後悔したの」

ぽつりとこぼす花見辻は、どこか遠くを見るような目つきをしていた。

「あの時、自分の身をかえりみずに救けてくれた人のことを、私はなにも知らなかった。こんな人が一緒のクラスにいて、同じ高校で三年間を過ごしてきたことに、それまで気づいてすらいなかった」

「ぼっちだったから仕方ねーだろ……ああ、なんかこのやり取り、前にもあったな」

俺が小説を書いてると知った時、星ヶ崎を助けた時。花見辻は「前回はそういうところを知らなかった」と言って、なんだか嬉しそうにしていた。なるほど、こういうことか。

茶化《ちゃか》すように挟んだ言葉に、花見辻は小さく頬を緩《ゆる》めた。

「そういう風に卑屈なところも、前回の私は全く知らなかったのよ。そういうの全部、高校生活をやり直してでも知りたいと思ったの」

「それのために、三年前に？」

「私にとっては大事なことだったから。……それに、私は間違ってなかった」

「は？」

「星ヶ崎さんのこと、助けてくれたでしょう？　七村くんは謙遜《けんそん》してるけど、やっぱり誰にでもできることじゃないもの。あの時本当に、これからも七村くんと関わっていきたいと思ったの。あなたと一緒にやり直せたら、もっと素敵な高校生活になるかなって」

もじもじと手の指を組み合わせながらぼそぼそ呟く花見辻。

な、なるほどね……俺とやり直したら高校生活が素敵なものに、ねえ……。

「いや重いな！　なにそれちょっと聞きたくなかった」

ぼっちにそんなの求めるな。荷が重すぎる。

素直な感想を吐露すると、花見辻が顔を赤くして言い返す。

「だ、だからさっきまで言わなかったのよ‼　あなただって相当恥ずかしいこと言ってたし私も言わないと可哀想《かわいそう》かなって」

「恥ずかしいことって言うな！　いや恥ずかしかったけど！」

「そもそも七村くんはいくら何でもひねくれすぎでしょう。あんなに人付き合いに苦戦したの、七村くんが初めてなんだけど？」

「俺が悪いのかよ。いや悪いかもしれんが……」

「私のせいで三年前に戻ったって知ったあとにすぐ三年後に戻ろうとするし」

「あれは誰でもそうするだろ」

そういえばこいつ、もう一度お願いすれば三年後に戻れるんじゃないかって言った時、すげーしどろもどろになってたっけ。そういうことだったのか。

「三年前に戻ってきたのにまたぼっちになってるし」

「それは俺の勝手だ、ほっとけ」

「この際だから言うけど、三年前に戻ったのも私があなたに関わるのも、全部私が自分のためにやったことだから。罪悪感から関わってるだとか変な勘違いしないでよね」

「お、おう」

話しているうちに、気づいたことがあった。

タイムリープする前の花見辻はきっと、俺との「お別れ」に納得できなかったのだ。

あの日、俺は花見辻の人生に大きく関わっておきながら、言葉すらロクに交わすこともなくいなくなった。

だからもう一度、やり直したいと思ったのだろう。

また、別れが訪れると知っていながらも。

時間も状況もまるで違うけれど、それでも確かに、「このまま別れるのは嫌だ」という二人の想《おも》いが少しだけ重なった。そんな気がした。

「遠足を一緒に回ろうって言ったのも同じ理由。言ったでしょう？　七村くんはもう、私にとって特別な存在なの。そんな人がぼっちの高校生活を送ってて、気にならないわけないから」

憤然とした表情で言い切った花見辻に苦笑が漏れる。

「わかった。まあ俺はぼっち脱却なんて望んでないけどな」

「やっぱり価値観は合わないわね」

花見辻が不満げに口をとがらせた。この溝はそう簡単に埋まらないだろう。それでも、なんとかやっていくしかないのが人間関係ってやつらしい。

「でも、花見辻の動機がわかって安心したな」

「安心？」

「見返りを求めてこない奴には気をつけろって妹に言われてるんだ。高額のローン組まされるからって」

「妹さんにそんな心配をされてるのってどうなの？」

呆れたように嘆息する花見辻。おい、憐《あわ》れむような目で見るな。妹は俺のことを思って進言してくれているのだ、バカにしているわけではない……ないよな？

なんとなく言葉が途切れると、横で体をズラす音がした。

「ねえ、こっち見て」

その声に顔を上げると、予想以上に花見辻の体が近くにあって驚いた。後ずさりしようとしたが、その視線に射止められたように動けない。

「ちょっと変なこと言っていい？」

「あ、ああ」

俺が答えると、花見辻は小さく微笑んで顔を傾けた。……素直に、魅力的な表情だった。

呆けたようになっている俺に向かって身を乗り出し、頬をほんのり赤く染めた花見辻が耳のそばでぼそっと呟いた。

「助けてくれた時のあなた、ちょっとカッコよかったわよ。ドキッとした」

いきなりの言葉に反応できず、俺の体がぴしっと固まる。

待て、早まるな、勘違いするんじゃない。これは単に俺の行動に対してであって、それ以上でも以下でもないのだ。落ち着け、ひっひっふー、ひっひっふー。いやラマーズ法に頼るな。陣痛が始まった妊婦か。

「そ、そりゃあ、不良に絡まれたらドキドキするしな。うん」

「またそういう風なこと……」

俺は慌てて距離を取ってごまかす。冷ややかな視線を感じるが強情に顔を逸《そ》らし続けた。いま花見辻と視線が合ったりしたら、ちょっと平静ではいられない気がする。

はーっ、とため息をついてから、花見辻がちょっとテンションを切り替えて言う。

「あ、プリ機なんてあるのね」

視線の方向を追うと、部屋の隅にゴテゴテした外装の筐体が置いてあった。

……プリ機？　その瞬間、俺の脳裏《のうり》に閃光《せんこう》が走った。

「う、うおおおおお！！　お、思い出した……」

「ちょっとなに⁉　いきなりどうしたのよ」

いきなりの大声に驚いた花見辻が肩をゆすってくる。

俺は右手を額に当て、よみがえった忌まわしき記憶を口にする。

「思い出したんだ……前回の高校生活でこの島に来た時のこと……」

「それはよかったじゃない」

「よくない……俺は全然話したこともない奴らばっかの班に入れられてめちゃくちゃ肩身が狭い思いをしながらバーベキューに参加していた……。そしてバーベキューの後、班の奴らはこのプリ機で写真を撮ろうとか言い出したんだ」

「前回もプリ撮ったのね」

「いや、俺は撮ってない。最後にブースに入ろうとしたら『もう満員だから』とかよくわからんこと言われて入れなかったんだ。しょうがないからトイレにでも行って時間を潰そうとしたらいつの間にか班の奴ら全員いなくなってて、仕方なく俺はこのベンチでラノベを読んでたら遠足が終わっていた」

「き、聞くんじゃなかった……」

花見辻は心の底から後悔したようにげんなりした表情を浮かべていた。嫌な思い出を掘り起こしたからお裾《すそわ》分けだ。

「まあ、少なくとも今回はそんなこと起きないから」

思わず闇《やみ》落ちしかけた俺の気を引き戻すように、花見辻が言ってくれる。

そうだ。今の俺は最初から班とはぐれてるから、置いていかれるということはないな。よかったー、前回の高校生活がなかったことになって。

どうりで前回の遠足を覚えてないはずだ。記憶に残すにはあまりにも悲惨すぎる。

「ねえ、記憶の上書きにもちょうどいいし撮ってみない？」

いたずらっぽく笑って腕を取る花見辻に戸惑って、中腰の変な姿勢のまま言い返す。

「なんで俺が。原付免許取る予定はねーぞ」

「証明写真じゃないいんだから」

花見辻がため息をつく。ああそうか、プリ機ってスーパーの入口とかにある証明写真撮る機械とは違うんだよな。あっちはまだ馴染みがあるんだけど。

「今日の記念に撮りましょう」

「別に自撮りでよくないか？」

「七村くんこそ自撮りでいいわけ？　けっこう近づかないと入らないと思うけど」

「じゃあ俺が撮るからスマホ貸してくれ」

そう言うと、花見辻は不思議そうな顔でスマホを渡してきた。俺は起動済みのカメラ画面を確認し、花見辻の向かいに立った。

「はいチーズ」

「ちょっと待って！　それ自撮りじゃないから！」

「俺が映ってない方がいいだろ、写真の価値的に」

「どういう価値観なのよ。もういいわ。やっぱりプリ機で撮りましょう」

俺からスマホを奪い返した花見辻がきっぱりと言う。

「なんでアレにこだわるんだよ」

「自撮りは日常って感じだけど、プリはイベントって感じがするじゃない？　だから今日みたいな日はプリ機の方がいいわけ」

「いや、日常で自撮りはしないが。スマホに自分の写真があるとか嫌だろ」

「どんな自意識形成してるのよ？」

花見辻は引いているが、スマホのアルバム遡《さかのぼ》ってて自分の顔写真が出てきたらテンション下がる人、結構いそうなもんだけどな。

「七村くんの自意識は置いといて。とりあえず一回撮りましょう」

半ば強引にプリ機の前まで連行される。俺なんかがこんなキラキラした物体に入っていいのか、と気後《きおく》れしながら筐体《きょうたい》の中に入った。陰キャ識別装置とかあったら真っ先にはじき出されただろうが、幸か不幸かそんな機能は搭載されていないらしかった。

「あれ？　くるくる回して高さを調整するあの椅子がないぞ」

「だからそれは証明写真よ」

内部もゴテゴテとした装飾で覆《おお》われていて、前面の壁には「撮ったらこんな感じになるよ」的な説明がある。被写体が俺だったらそんな陽キャっぽい感じにならないと思うけどな。

プリ機の初心者である俺は操作を花見辻に任せ、身を縮こまらせていた。黙って端っこに立ってることなら任せてほしい。写真を撮る時はだいたいこれ。

「ほら、こっち寄って」

「お、おう」

花見辻がブースの中央に立ち、俺もなんとなくその横で立つ。適切な身の置き場がわからない。どうやら端っこすぎると写真に映らないっぽいことはわかるが……。

突然、ハイテンションな音声と共にパシャパシャとフラッシュが焚《た》かれ、ブースの中が真っ白になる。え、え？　なにこの雰囲気⁇　陰キャにはキツい！

ポーズを取れだのなんだのと音声がうるさかったので、あえて俺はガン無視で突っ立っていた。フン、自動音声ごときが俺に指図《さしず》するとは百年早いわ。

一通りの撮影が終わってブースの外に出た。疲れた……。

「あなたの顔、強張りすぎでしょう」

筐体の外にある「盛る」用の画面を見た花見辻がそう言って笑った。

「七村くんもこっち来なさいよ」

「いや、俺はいい。自分の顔見るとか罰ゲームかよ」

「素の顔が嫌なら盛ればいいじゃない」

「その『盛る』ってのも嫌なんだ。なにが『なりたい顔を選んでね』だよバカにしてんのか」

「めんどくさいわね……もうこっちで勝手に盛っていい？　希望あったら聞くけど」

「なるべく盛らない感じで頼む」

「了解」

しばらくして花見辻は操作を終えたらしく、少し離れていた俺の隣まで来た。

「普通に盛ったら七村くんの顔が異様な雰囲気になったから、そんなに盛ってないわよ」

「異様とか言うな」

盛った写真はスマホに転送される仕組みらしく、花見辻が俺にも転送してくれた。少し照れ臭そうにポーズを取っている花見辻と、ぎこちない表情で棒立ちしている俺。確かにナチュラルな仕上がりで俺好みではあったが、組み合わせが異質すぎるだろ。お互いなにかの罰ゲームで撮ってるみたいだな。

「なんでこんな棒立ちなのよ」

「今まで集合写真の右上か左上にしか写ったことないからな。写真と言えば目立たず棒立ちってのが染《し》みついてるんだ」

それにしても、自分のスマホに自分の顔写真が残ってるって嫌な気分だ。背中がむずむずする。すぐにでも消したい……いや、花見辻も写ってるし消さないけど。

「せめて笑おうとしなさいよ」

「音声案内に『笑って！』とか言われるとつい反抗心が燃えるんだよな」

「なによそれ」

はあ、とため息をついた花見辻がふと視線を窓にやる。観光センターの窓は海側が大きく取られ、傾いてきた陽射しにキラキラと光る海が視界一杯に広がっていた。

俺と花見辻、二人の足が自然と窓に向かう。

小さな湾に突き出た防波堤が波を打ち返し、遠くには小船の航跡が金色の線を描く。

「きれい」

花見辻は窓ガラスに片手を当て、うっとりした表情で呟く。

俺もその言葉に異論はなく、窓際に立って横に並んだ。

「確かにきれいだな」

「これを見られただけでも、前回よりはいい遠足になったんじゃない？」

「ま、前回より悪い遠足ってそうそうないからな」

「いちいちひねくれてるわね……」

「悪いな、生まれつきなんだ」

それから、ちらっと横目で花見辻の方をうかがう。

俺の視線に気づいたのか、花見辻も目を合わせてきた。

「なに？」

「隣にいるのが俺で嫌じゃねーのかなって」

「そうね。空気は読めないしモテないし小説はつまんないし頑固だし卑屈だしぼっちだし」

「俺がぼかした部分をつまびらかにするな!!　あと小説は大器晩成型なんだよ！」

今の流れはこう、「そんなことないよ」とか言われる流れだと思ったのに！　本当に可愛《かわい》げねえなコイツ。

「自分がアレだって自覚はあるぶん、タチが悪いのよね」

「うるせえ」

「性格も価値観もまるで違うし」

その通り。別にさっきのあれこれで、お互いの価値観が変わったわけでもない。身に沁《し》みついたものはそう簡単に消えない。だから俺もこいつも間違ったのだ。

「でも、私とあなたの価値観が違うってことも、前回はわからなかったのよ。やり直してぶつかったから初めてわかったの。それでよかったと思う。わからないままは、寂しいから」

違う？　とでも言いたげに首をかしげる花見辻の顔に、つい見入ってしまった。

「……そうかもな」

「また衝突してもやり直す時間はあるわよ。だって三年もあるんだから」

「三年、な」

さすがに面と向かってそんなことを言われると照れ臭く、つい視線を窓に向けてしまう。

ってか今のセリフ、これから三年間ずっと一緒にいるみたいな意味が含まれてる気がしたんだが？　いきなりそんなこと言うのは反則だろ、勘違いしたらどうする。

はーっと息を吐いて、変な想像をすべて吐き出した。

改めて目の前の風景を見る。前回の俺も一応は同じ光景を見たんだろう。ベンチでフェリーの時間に気づいて立ち上がった時、窓の外くらい見たはずだ。

でも俺は、こんなきれいな景色に気づけなかった。覚えていなかった。

きっと、なにを見たかってこと以上に、誰と見たか、どういうシチュエーションで見たか、ってことの方が重要なのだろう。

この光景を見られたこと。その隣に誰かがいること。

言い合いをして、ほんの少しだけなにかをわかった気になったこと。

今日あった色々なことを、三年後に卒業する時の俺はきっと覚えている。

そういう思い出を作るのも、まあ、そこまで悪くはないな、と思った。

「そうだ七村くん。なんか微妙に気持ち悪い笑みを浮かべてるところ悪いんだけど」

「お前の言い方がすでに悪意に満ちてるな！」

「プリの代金、もらってなかったわ。百円お願いね」

「そこ請求するのかよ。なんとなく花見辻の奢りって流れだったろ」

「負担の割合は私の方が多いしいいじゃない。さっきの紅茶と相殺」

「釈然としねえ」

「それに七村くんは私の顔写真が手に入ったんだし、百円くらいいいでしょう？」

「……まあ、確かにそうだな。仕方ない」

「え、なによその返答。まさか本当に私の顔写真でプリのお金払う気になったわけ?」

「断ったらそれはそれで面倒な気がしただけだ」

「図星なのね。身の危険を感じるからLEINはブロックしておくわ」

「誘導尋問に証拠能力はないからな!」

エピローグ

「反省会をするわよ」

遠足の翌日。金曜日なのに例のファミレスへ来た俺《おれ》に、ウーロン茶のグラスを握った花見辻《はなみつじ》が言い放つ。決然としたその目つきはいつにも増して鋭く、今日の話し合いにかける意気込みがまざまざと伝わってきた。

「あのー、俺も反省しないとダメなのか？」

おそるおそる発言すると、花見辻がびしっと指を突き付けてきた。

「元をたどればあなたが悪いんでしょう！」

若干涙目になって恨めし気な視線を向けてくる。気まずくなって視線を逸《そ》らしながら、反省会のきっかけとなった遠足後のあれこれを思い返した。

今朝《けさ》、俺がいつものように始業ギリギリに登校すると、クラスの何人かがちらちらと俺に視線を向けてきた。なんだ？　いつもは多少遅刻したって気にされないのに。

その理由は、一時間目が終わったあとの休み時間に判明した。

「七村《ななむら》くん、ちょっと」

机の前までやって来た白峰《しらみね》が、強引に俺の腕を取って廊下に連れ出した。

遠足で班を抜けたことについてはLEINでも謝ったが、まだ足りなかったのだろうか。もしや体で払えと言われちゃうのかと訝《いぶか》しんでいると、出し抜けに妙なことを聞かれた。

「昨日はさぞお楽しみだったんだろうね」

「は?」

「あーあ、私は君が班に溶け込めるようにあれこれと世話を焼いていたっていうのに、これじゃピエロじゃないか……まったく、どうしてくれようか……」

目に暗い光を宿す白峰に、俺は慌てて問いただす。

「ちょっと待て、話が見えないんだが」

「自分の胸に問いかけてみなよ」

「いや、昨日の俺が一体なにを……」

「私たちの班を抜けたあと、君は誰《だれ》と会っていたのかな?」

その言葉を聞いて嫌な想像が湧《わ》きあがった。まさか。

「F組の子が君を目撃していたんだよ。正確に言えば、君と可愛《かわい》い女の子の姿をね」

「………」

冷や汗が背中に伝うのを感じながら黙り込む。なんて言うべきだ。いや、この状況ではなにを言っても信用されないような気がする。

「まあ、遠足で意中のカップル同士が抜け出すのは不思議じゃないけど、まさか君がその一人になるとは驚いたよ。それじゃあ、一年F組の花見辻さんとお幸せに」

「いやアレには色々と事情が」

「あーあーあー、成就した恋の話なんか聞きたくもないね！　私の気遣いを返してくれよ、まったく」

プリプリと怒って白峰はどっかへ行ってしまった。俺の話を聞く気はゼロなのかよ。


その後、昼休みには星ヶ崎《ほしがさき》から特別棟の裏手に呼び出された。

「まさか七村と空《そら》ちゃんが付き合ってるなんて……なんで言ってくれなかったの⁉」

「違う、誤解だ」

「だって、七村が空ちゃんと手をつないでるところを見たって聞いたよ？　付き合ってなかったらそんなことしなくない？」

うおおおお、あの場面を見られていたと思うと死にたくなる。悶《もだ》える俺に星ヶ崎が言う。

「ＬＥＩＮで空ちゃんの居場所を聞いてきたのも、待ち合わせに失敗したからなんだね」

「いやそうじゃない！　アレは待ち合わせとかではない！」

「でもあのあとで合流したんでしょ？」

「したけど！　アレには事情があるんだ！」

星ヶ崎に花見辻がヤンキーに絡《から》まれていたこと、それから二人で逃げ出したことを色々と省略して説明した。タイムリープ関連の話まではさすがにできない。

「ふーん……」

「なんだその信じてない目」

「いや、信じるけどさー。七村ってアレだね、女の子だったら誰でも助けるんだね」

「変なこと言うなよ。別に誰だったら助けるとかじゃなくてだな」

「わかってはいたけどさー。はいはい、末永くお幸せに、バイバイ」

「おい俺の話を聞け」

そんなわけで、遠足の日に俺と花見辻が二人でいたことが拡散されているらしい。やれやれ、参ったな……。

「参ったのは私よ！　なんで相手がよりによって七村くんなのかって、もうそればっかり！」

心の中を読んで割り込んできた花見辻がドン、とテーブルを叩《たた》く。よりによってとは失礼だが妥当な評価すぎて言い返せない。

まあ、交友関係が広い花見辻の方が大変だったのは想像に難くないが。

「迂闊《うかつ》だったわ……なぜあんな人の目に触れるところであなたと接触を……」

「非常事態だったんだからしょうがないだろ」

「そうだけど、あんなに手首をがっしり摑《つか》む必要はなかったでしょ？　よく考えたらあの時はもうヤンキーいなかったし。実はドサクサに紛《まぎ》れて私に触れたかっただけじゃない？」

「違《ちげ》えよ！　あれはなんかこう、そういう流れだったんだよ！」

あの場で解散するのはさすがに無理だろ。手首を摑んだのは調子乗りすぎだったかもしれないけど。ってかまた手汗のこと思い出して鬱《うつ》になってきた。この記憶は忘れていいのに。

「あーもう、あなたが真人間だったらここまで問題じゃなかったのよ！」

「真人間ではあるだろ」

「ぼっちで星ヶ崎さんのストーカーだと思われてる時点で真人間じゃないわよ！」

「正論で攻めるな！　弱者に優しくしてくれ」

「うるさいわね、いいから責任取りなさいよ！」

「その言い方はなんかアレだからやめろ」

ぎゃーぎゃー騒いでいると、店員さんから
「申し訳ありませんが店内ではお静かに……」

と言われてしまい、俺たちは押し黙った。

ちゅー、とコーラを飲んでいる俺に、花見辻がちらっと視線を向ける。

「……ごめんなさい」

「は？　いきなりどうした、財布でも忘れたか？」

花見辻はふるふると首を振る。

「……こんなことになって、迷惑だったんじゃないかって。騒々しいの苦手そうだし」

なんだよ、そういうことかよ。グラスをぎゅっと握る花見辻に小さくため息をつき、あえてぶっきらぼうに答える。

「ああ。面倒なことに巻き込まれたと思ってる」

「そうよね……ごめんなさい」

俺の言葉にうつむいた花見辻が小さくこぼす。

「面倒でもいいだろ」

「え？」

「人間関係ってのは面倒で、一人でいるぼっちは楽だ。これは絶対的な真理。でも、面倒なことをひたすら回避して生きていても、どこにも行けない気がするんだよな。うまく言えないけど、面倒なことも人生に必要だっていうか、この面倒くささもどこかにつながってるっていうか。花見辻と過ごしてて、そんな風に思った」

「七村くん……」

花見辻が顔を上げた気配を感じるが、俺は視線を合わせない。だって照れ臭いから。

結局、俺たちの価値観はすれ違ったままだ。この数か月で色々あったけど、根本のところでわかり合ったわけじゃない。

それでも、価値観が違うというだけの理由で一緒にいられないわけじゃない。

いつか俺と花見辻が決別するにしても、綺麗《きれい》な別れ方を見つけたい。

そんなことを考えていた俺の耳に、くすっと小さな笑い声が届いた。

「ずいぶんと小説家っぽいこと言うのね」

「やめろ、恥ずかしくなるだろ」

今の俺はたぶん耳まで赤くなってるだろう。うわ、なんつーこと言ったんだ俺。

「ひょっとして小説でも書いてるのかしら」

「読ませた小説の出来が酷《ひど》すぎて記憶から抹消されてるのか⁉」

「冗談よ。出来が酷かったのもちゃんと覚えてるわ」

「そこは忘れてていいんだぞ」

花見辻はひとしきり面白《おもしろ》そうに笑ってから、今度は静かな微笑みを浮かべて俺を見た。

「でも、そう言ってくれて嬉《うれ》しいわ。ありがとう」

「お……おう。そうか」

面白くもない相槌《あいづち》だけ打って、バカみたいに視線を合わせる。

まじまじと花見辻の顔を見つめると、長いまつげが落とす影、美術館に飾られてそうなほどに整った鼻の形、ほうっと小さく息を吐いた唇、そのすべてがとんでもない破壊力で押し寄せてくる。

これはさすがに反則だろ、と心の中で呟く。なにが反則なのかよくわからないけど。

「私たちが会うのって、いつもここよね」

「そう、だな。まあ、ここのドリンクバー美味いしな」

「ドリンクバーはどこも大して変わらないと思うけど」

雑な相槌《あいづち》はきっちりツッコまれた。

「しかも放課後ばっかりだし」

「そりゃまあ、学校で会うわけにもいかないし」

「じゃあ……休日でもいいってことでしょ？」

「は？」

それから花見辻はほんの少し頰《ほお》を赤らめて、テーブルの上で指先をもじもじと重ねた。やがてこほん、と咳払《せきばら》いをして口を開く。

「いつもファミレスってのも芸がないし、その、明日の土曜日とか、どこか行か……」

意を決した様子の花見辻に水を差すように、ピロン、と机に置いてある俺のスマホが鳴った。

ＬＥＩＮの通知音だ。

「あ、悪い」

そう言ってスマホをのぞき込むと、顔認証でロックが解除されて通知欄のメッセージが見えた。差出人は星ヶ崎。

『今度の休みとか暇だよね　ちょっと家に来ない？』

一瞬、見ている文字列の意味がわからず、頭の中がまっ白になった。

俺が暇だと思われてるのはいい。だが『家に来ない？』とは一体どういうことだ？

さらに困ったことに、花見辻もバッチリ画面を見ていた。

「これ、どういうこと？　まさか私の知らない間に、そういう仲になってたのかしら？」

花見辻が先ほどまでの雰囲気を消し、凍りつくような笑顔で尋ねる。俺はブンブンと顔を横に振ることしかできない。

こ、これはどういうことなんですかね、星ヶ崎さん……!?

あとがき

はじめまして、相崎壁際《あいざきかべぎわ》と申します。こんなヘンテコな名前ですが本名です。……と書いたら読者の方はびっくりするかな～と思ったんですがごめんなさい普通に嘘《うそ》です。残念（?）ながらペンネームです。

なんであとがきの初っ端で嘘ついたのか自分でもわからないんですが、これもフィクションを扱う作家の業というやつなのでしょう（作家全員に怒られるだろ）。あるいは深夜テンションが生み出した哀しき怪物（これを書いてるのは平日の深夜二時です）。たぶん後者だな。あとがきってこれでいいんかな～と思いながら書いてます。たぶん駄目だと思う。

早速ですが謝辞を。

まずは担当編集のF様。改稿の度に的確なご指摘をくださり、非常に助かっています。この作品は編集さんと共に作り上げたものです、ありがとうございました。地獄のようだったタイトル決めの作業も今となっては良い思い出……ではないな！　普通にトラウマだよ！

素晴らしいイラストを描いてくださった間明田《まみょうだ》様。めちゃくちゃ可愛《かわい》いキャラクターに美しい背景、イラストを拝見する度に「人生ってこんな良いことあるんだ……」としみじみ感じております。感謝してもしきれませんが、本当にありがとうございます。

デザイナー様や校閲様、営業様など、出版に際して尽力してくださった全《すべ》ての方々にも感謝いたします。皆様のおかげで本書が世にはばたくことができました。

快く帯コメントを書いてくださった伏見《ふしみ》つかさ先生。どこの馬の骨ともわからない新人の作品に、まさか伏見先生のコメントが付くとは想像だにしていませんでした。何度も読み返して勇気をもらっております。この度は本当にありがとうございました。

そして読者の皆様。本書を読んで、少しでも笑ったり前向きになったりしてくれたなら、作者冥利に尽きるというものです。ありがとうございました。

また、本作は自分のデビュー作でして、第十三回ＧＡ文庫大賞で「ガンガンＧＡ特別賞」という賞をいただきました。選考に携わってくださった皆様にも、深く感謝を申し上げます。

それにしても「大賞」「金賞」「銀賞」ときて「ガンガンＧＡ特別賞」って異質すぎますね。たぶんコイツだけ血がつながってないと思う。

ちなみにこの賞はコミカライズ確約なので、そのうち漫画になります。どんな段取りでコミカライズされるのか自分もまだ知らないのですが、本編を読んで「漫画も読みて～」って気分になった神様のような読者の方はのんびり待ってくだされば と。

それではまた、どこかでお会いできる日を信じて。

相崎壁際

ファンレター、作品の
ご感想をお待ちしています

〈あて先〉

〒106－0032
東京都港区六本木2－4－5
SBクリエイティブ（株）
GA文庫編集部 気付

「相崎壁際先生」係
「間明田先生」係

本書に関するご意見・ご感想は
右の QR コードよりお寄せください。

※アクセスの際や登録時に発生する通信費等はご負担ください。

https://ga.sbcr.jp/